A NATUREZA DO PROCESSO JUDICIAL

A NATUREZA DO PROCESSO JUDICIAL

Palestras proferidas na Universidade de Yale

Benjamin N. Cardozo

Tradução
SILVANA VIEIRA

Revisão técnica e da tradução
ÁLVARO DE VITA

Martins Fontes
São Paulo 2004

Esta obra foi publicada originalmente em inglês com o título
THE NATURE OF THE JUDICIAL PROCESS
por Yale University Press, Londres.
Copyright © 1960 by Yale University Press.
Copyright © 2004, Livraria Martins Fontes Editora Ltda.,
São Paulo, para a presente edição.

1ª edição
junho de 2004

Tradução
SILVANA VIEIRA

Revisão técnica e da tradução
Álvaro De Vita
Acompanhamento editorial
Luzia Aparecida dos Santos
Revisões gráficas
*Sandra Garcia Cortes
Maria Fernanda Alvares
Dinarte Zorzanelli da Silva*
Produção gráfica
Geraldo Alves
Paginação
Moacir K. Matsusaki

Dados Internacionais de Catalogação na Publicação (CIP)
(Câmara Brasileira do Livro, SP, Brasil)

Cardozo, Benjamin N., 1870-1939.
A natureza do processo judicial : palestras proferidas na Universidade de Yale / Benjamin N. Cardozo ; tradução Silvana Vieira ; revisão técnica e da tradução Álvaro De Vita. – São Paulo : Martins Fontes, 2004. – (Coleção justiça e direito)

Título original: The nature of the judicial process.
Bibliografia.
ISBN 85-336-1979-0

1. Processo judicial I. Título. II. Série.

04-3151   CDU-347.9

Índices para catálogo sistemático:
1. Processo judicial : Direito processual   347.9

Todos os direitos desta edição para o Brasil reservados à
Livraria Martins Fontes Editora Ltda.
*Rua Conselheiro Ramalho, 330/340 01325-000 São Paulo SP Brasil
Tel. (11) 3241.3677 Fax (11) 3105.6867
e-mail: info@martinsfontes.com.br http://www.martinsfontes.com.br*

Sumário

Palestra I. Introdução.
O método da filosofia... 1

Palestra II.
Os métodos da história, da tradição
e da sociologia 35

Palestra III.
O método da sociologia. O juiz
como legislador 71

Palestra IV.
Adesão ao precedente. O elemento
subconsciente no processo judicial.
Conclusão.. 105

Palestra I. Introdução.
O método da filosofia

O trabalho de decidir causas se faz diariamente em centenas de tribunais de todo o planeta. Seria de imaginar que qualquer juiz descrevesse com facilidade procedimentos que já aplicou mais de milhares de vezes. Nada poderia estar mais longe da verdade. Basta que um leigo inteligente lhe peça para explicar seu trabalho para que ele logo se refugie na justificativa de que a linguagem dos peritos é ininteligível para os que não foram instruídos no ofício. Tal justificativa pode encobrir com uma aura de respeitabilidade uma esquiva que, em outras circunstâncias, seria vergonhosa. E pouco servirá para acalmar os aguilhões da curiosidade e da consciência. Em momentos de introspecção, quando já não há necessidade de livrar-se do interlocutor não iniciado com alguma mostra de sabedoria, o problema perturbador ressurge e exige uma solução. O que é que faço quando decido uma causa? A que fontes de informação recorro em busca de orientação? Até que ponto permito que contribuam para o resultado? Até que ponto devem contribuir? Se existe algum precedente que se aplique ao caso, quando devo recusar-me a segui-lo? Se não há precedente aplicável, como chego à decisão que servirá de precedente no futuro? Se o que busco é a coerência lógica, a simetria da estrutura jurídica, até onde devo prosseguir nessa busca? Em que ponto a busca deve ser interrompida por algum costume discrepante, por alguma consideração relativa ao bem-estar social, por meus próprios critérios ou por critérios comuns de justiça e moral? Todos esses ingredientes participam, em proporções variadas, dessa estranha mistura que se prepara diariamente no caldeirão dos tribunais. Não estou interessado em saber se se deve ou não permitir que os juízes preparem tal mistura. Acredito que a lei criada pelos juízes é uma das realidades da vida. Ali está a infusão, bem diante de nós. Não há um só juiz que não tenha participado de seu preparo. Os elementos não se reuniram por acaso. *Algum* princípio, ainda que inconfesso, inarticulado e subconsciente, orientou o preparo da infusão. Pode não ter sido o mesmo princípio para todos os juízes em qualquer momento, nem o mesmo princípio para qualquer juiz em todos os momentos. Mas houve uma escolha, não uma sujeição às injunções do Destino; e as considerações e os motivos que determinam a escolha, embora muitas vezes obscuros, não resistem plenamente à análise. Na minha tentativa de análise, será preciso distinguir entre o consciente e o subconsciente. Não quero dizer com isso que as considerações e os motivos que considerarei conscientes estejam sempre claramente presentes na consciência, a ponto de serem reconhecidos e identificados de imediato. Não raro, flutuam próximo à superfície. Podem, no entanto, ser isolados e rotulados com relativa facilidade e, quando assim qualificados, são rapidamente reconhecidos como princípios que orientam a conduta. Mais sutis são as forças que, por se encontrarem tão abaixo da superfície, só podem ser classificadas, de maneira razoável, como subconscientes. Com freqüência, é graças a essas forças subconscientes que os juízes mantêm a coerência consigo mesmos e a incoerência entre si. Numa notável passagem de suas preleções sobre o pragmatismo, William James nos lembra que cada um de nós, mesmo os que desconhecem ou execram os nomes e as idéias da filosofia, tem, na verdade, uma filosofia de vida subjacente. Há, em cada um de nós, uma corrente de tendências – quer a chamemos de filosofia, quer não[1] – que dá coerência e direção ao pensamento e à ação. Os juízes, como todos os mortais, não podem escapar a essa corrente. Ao longo de suas vidas, são levados por forças que não conseguem reconhecer nem identificar – instintos herdados, crenças tradicionais, convicções adquiridas; o resultado é uma perspectiva de vida, uma concepção das necessidades sociais, um sentido, como disse James, "da pressão e da força globais exercidas pelo cosmos",

---

1. Cf. N. M. Butler, "Philosophy", pp. 18, 43.

que há de determinar onde recairá a escolha quando as razões forem bem ponderadas. Nessa configuração mental, cada problema encontra seu contexto. Podemos tentar ver as coisas com o máximo de objetividade. Mesmo assim, jamais poderemos vê-las com outros olhos que não os nossos. Todas elas serão examinadas sob essa ótica – seja uma forma de petição, seja uma lei do parlamento, os delitos dos pobres ou os direitos dos príncipes, o regulamento de uma aldeia ou a Constituição de um país.

São poucas minhas expectativas de conseguir enunciar a fórmula que irá racionalizar para mim mesmo esse processo, e menos ainda para os outros. Ao estudo do Direito criado pelos juízes devemos aplicar o mesmo método de análise quantitativa que Wallas aplicou, com excelentes resultados, ao estudo da política[2]. Uma erudição superior à minha é requisito para realizar bem o trabalho. Todavia, até que se apresente alguém com tal erudição e disposto a engajar-se na tarefa, pode haver algum interesse passageiro pelos esforços de alguém que, sendo ele próprio um agente ativo e diariamente empenhado em manter vivo o processo, busca desnudar-lhe a natureza. Será esta a minha justificativa para estas indagações introspectivas do espírito.

Para determinar as proporções de uma mistura, precisamos antes conhecer os ingredientes a ser misturados. Nossa primeira indagação, portanto, deve

---

2. "Human Nature in Politics", p. 138.

ser: onde o juiz encontra a lei que ele incorpora em seu julgamento? Às vezes, a fonte é óbvia. A norma que se ajusta à causa pode ser fornecida pela Constituição ou pela lei emanada do Legislativo. Quando é assim, o juiz dá sua busca por encerrada. Certificada a correspondência, sua obrigação é obedecer. A Constituição prevalece sobre uma lei escrita, mas uma lei escrita, se coerente com a Constituição, prevalece sobre a lei dos juízes. Nesse sentido, o Direito criado pelos juízes é secundário e subordinado ao Direito criado pelos legisladores. É verdade que códigos e leis escritas não dispensam o juiz nem tornam seu trabalho superficial e mecânico. Há lacunas a preencher. Há dúvidas e ambigüidades a esclarecer. Há dificuldades e erros a atenuar, se não evitar. Fala-se geralmente da interpretação como se fosse simplesmente a busca e a descoberta de um propósito que, apesar de obscuro e latente, tinha, não obstante, uma preexistência real e verificável na mente do legislador. De fato, às vezes o processo é esse mesmo, mas freqüentemente envolve algo mais. A verificação da intenção pode ser o menor problema que um juiz tem de enfrentar ao atribuir significado a uma lei escrita. "A verdade", diz Gray em suas preleções sobre a natureza e as fontes do direito[3], "é que as dificuldades da chamada interpretação surgem quando não houve nenhuma intenção por parte da legislatura; quando a questão que se coloca a propósito

---

3. "Nature and Sources of the Law", sec. 370, p. 165.

da lei nunca ocorreu aos legisladores; quando aquilo que os juízes têm de fazer não é determinar o que a legislatura quis dizer sobre uma questão que lhe ocorreu, mas sim adivinhar de que modo se teria posicionado acerca de uma questão que não lhe ocorreu, caso lhe tivesse ocorrido."[4] Diz Brütt[5]: "Uma tarefa crucial do sistema da aplicação do Direito consiste, então, em aprofundar a descoberta do significado latente do direito positivo. Muito mais importante, porém, é a segunda tarefa a que serve o sistema, ou seja, preencher as lacunas que se encontram, em maior ou menor número, em todo direito positivo." Podem chamar esse processo de legislação, se quiserem. Seja como for, nenhum sistema de *jus scriptum* conseguiu fugir à necessidade de tal processo. Hoje, uma grande escola de juristas europeus pleiteia uma liberdade ainda maior de adaptação e interpretação. A lei escrita, dizem eles, é muitas vezes fragmentária, inadequada e injusta. O juiz, em seu papel de intérprete para a comunidade do sentido de lei e ordem que ela tem, deve suprir as omissões, corrigir as incertezas e harmonizar os resultados com justiça, através de um método de livre decisão – "libre recherche scientifique". Essa é a visão de Gény, Ehrlich, Gmelin e outros[6]. Os tribunais devem "buscar luz

---

4. Cf. Pound, "Courts and Legislation", 9 *Modern Legal Philosophy Series*, p. 226.
5. "Die Kunst der Rechtsanwendung", p. 72.
6. "Science of Legal Method", 9 *Modern Legal Philosophy Series*, pp. 4, 45, 65, 72, 124, 130, 159.

entre os elementos sociais de todo tipo que constituem a força viva por trás dos fatos com que lidam"[7]. Assim, o poder que se coloca em suas mãos é grande e está sujeito, como todo poder, a abusos; mas não devemos nos furtar a concedê-lo. A longo prazo, "não há garantia de justiça", diz Ehrlich[8], "a não ser a personalidade do juiz"[9]. Os mesmos problemas de método, os mesmos contrastes entre a letra e o espírito, são problemas agudos em nosso país e em nosso direito. Sobretudo na esfera do direito constitucional, o método da livre decisão tornou-se, em minha opinião, o que predomina em nossos dias. As grandes generalidades da Constituição têm um conteúdo e um significado que variam de uma época para outra. O método da livre decisão vê através das particularidades transitórias e alcança o que há de permanente por trás delas. Assim ampliada, a interpretação se torna mais do que a verificação do propósito e da intenção dos legisladores cuja vontade coletiva foi declarada. Ela suplementa a declaração e preenche os espaços vazios pelos mesmos processos e métodos que criaram o direito consuetudinário. Os códigos e outras leis escritas podem ameaçar a função

---

7. Gény, "Méthode d'Interpretation et Sources en droit privé positif", vol. II, p. 180, sec. 176, ed. 1919; trad. ingl. 9 *Modern Legal Philosophy Series*, p. 45.

8. P. 65, *supra*; "Freie Rechtsfindung und freie Rechtswissenschaft", 9 *Modern Legal Philosophy Series*.

9. Cf. Gnaeus Flavius (Kantorowicz), "Der Kampf um Rechtswissenschaft", p. 48: "Von der Kultur des Richters hängt im letzten Grunde aller Fortschritt der Rechtsentwicklung ab."

judicial com repressão, desuso e atrofia. A função floresce e persiste graças à necessidade humana à qual ela responde categoricamente. A proibição justiniana de qualquer comentário sobre o produto de seus codificadores só é lembrada por sua futilidade[10].

Não me estenderei mais, por enquanto, acerca da importância da Constituição e da lei escrita como fontes do Direito. O trabalho de um juiz em interpretá-las e desenvolvê-las tem, de fato, seus problemas e suas dificuldades, mas são problemas e dificuldades que não diferem, em gênero ou extensão, daqueles que o assediam em outros campos. Acho que poderão ser mais bem estudados quando esses campos tiverem sido explorados. Em alguns casos, a norma da Constituição ou da lei escrita é clara, e então as dificuldades desaparecem. Mesmo quando estão presentes, carecem às vezes daquele elemento de mistério que acompanha a energia criativa. Entramos na terra do mistério quando a Constituição e a lei escrita nada dizem e o juiz precisa buscar na *common law** a norma que se ajusta ao caso. Ele é o "oráculo vivo da lei", nas eloqüentes palavras de Blackstone. Observando o sr. Oráculo em ação, vendo seu trabalho à luz crua do realismo, como ele inicia sua tarefa?

---

10. Gray, "Nature and Sources of the Law", sec. 395; Muirhead, "Roman Law", pp. 399-400.

* O termo se refere, de maneira geral, ao conjunto de leis que se origina e se desenvolve a partir das decisões dos tribunais, em oposição às leis criadas por meio de processo legislativo. (N. da T.)

A primeira coisa que ele faz é comparar o caso que tem diante de si com os precedentes arquivados em sua mente ou ocultos nos textos legais. Não quero dizer que os precedentes sejam as fontes últimas do Direito, fornecendo o único equipamento necessário ao arsenal da lei, as ferramentas exclusivas da "forja da lei", para citar Maitland[11]. Atrás dos precedentes estão as concepções jurídicas básicas que constituem os postulados do raciocínio judicial, e, mais atrás, os hábitos de vida e as instituições sociais que deram origem a essas concepções e que estas, por sua vez, modificaram mediante um processo de interação[12]. Mesmo assim, num sistema altamente desenvolvido como o nosso, os precedentes ocuparam o terreno a tal ponto que é neles que devemos buscar o início do trabalho do juiz. Quase invariavelmente, o primeiro passo do juiz é examiná-los e compará-los. Se são claros e objetivos, talvez não seja necessário recorrer a mais nada. *Stare decisis* é, no mínimo, a regra operativa cotidiana do nosso Direito. Mais adiante terei algo a dizer sobre a conveniência de atenuar a regra em condições excepcionais. A menos, porém, que essas condições se apresentem, a tarefa de decidir causas de acordo com precedentes que se ajustem claramente a eles é um

---

11. Introdução a Gierkes, "Political Theories of the Middle Ages", p. viii.
12. Saleilles, "De la Personnalité Juridique", p. 45; Ehrlich, "Grundlegung der Soziologie des Rechts", pp. 34-5; Pound, "Proceedings of American Bar Assn. 1919", p. 455.

processo de natureza semelhante ao de decidir causas de acordo com uma lei escrita. É um processo de pesquisa, comparação e alguma coisa mais. Em todo caso, alguns juízes raramente vão além desse processo. Em sua concepção, seu dever consiste em comparar as cores da causa que têm à mão com as cores das inúmeras amostras de causas espalhadas sobre sua mesa. A amostra de tonalidade mais próxima fornece a norma aplicável. Sem dúvida, porém, nenhum sistema de Direito vivo pode evoluir mediante tal processo, e nenhum juiz de um tribunal superior que seja digno de seu cargo tem uma visão tão estreita de seu papel. Se essa fosse a única coisa que nos reserva nossa ocupação, haveria pouco interesse intelectual nela. O homem que tivesse o melhor fichário de casos seria também o juiz mais sábio. É quando as cores não combinam, quando as referências não batem, quando não há nenhum precedente decisivo, que realmente começa o trabalho do juiz. Ele deve então ajustar a lei aos litigantes que ali estão, e, ao ajustá-la a eles, estará também ajustando-a aos outros. "Pois muitas vezes", diz Bacon numa clássica afirmação, "as coisas levadas a julgamento podem ser o meu e o teu, quando a razão e a conseqüência disso podem tender para a questão da propriedade."[13] A sentença de hoje estabelecerá o certo e o er-

---

13. "For many times, the things deduced to judgement may be meum and tuum, when the reason and consequence there of may trench to point of estate." "Essay on Judicature".

O MÉTODO DA FILOSOFIA 11

rado de amanhã. Para que o juiz a pronuncie com sabedoria, deve haver alguns princípios de seleção que lhe sirvam de guia em meio a todos os julgamentos potenciais que pleiteiam reconhecimento. Na vida da mente como na vida em geral, há uma tendência à reprodução da espécie. Cada julgamento tem um poder gerador. Ele gera sua própria imagem. Cada precedente, nas palavras de Redlich, representa "uma força diretiva para causas futuras de natureza igual ou semelhante"[14]. Enquanto a sentença não fosse pronunciada, o julgamento estava em equilíbrio. Sua forma e seu conteúdo eram incertos. Qualquer um dos muitos princípios poderia apoderar-se dele e dar-lhe forma. Uma vez declarado, constitui um novo tronco genealógico. Está impregnado de força vital. É a fonte da qual podem brotar novos princípios ou normas que darão forma a futuras sentenças. Se buscarmos o fundamento psicológico dessa tendência, iremos encontrá-lo, suponho, no hábito[15]. Seja qual for seu fundamento psicológico, é uma das forças vivas do nosso Direito. No entanto, nem toda a progênie de princípios gerados a partir de um julgamento sobrevive até a maturidade. Aqueles que não conseguem demonstrar seu mérito e sua força pelo teste da experiência são impiedosamente sacrificados e lançados no vazio. A *common law* não segue uma

---

14. Redlich, "The Case Method in American Law Schools", *Bulletin* n.º 8, Carnegie Foundation, p. 37.
15. McDougall, "Social Psychology", p. 354; J. C. Gray, "Judicial Precedents", 9 *Harvard L. R.* 27.

trajetória que parte de verdades preestabelecidas, de validade universal e inflexível, para chegar a conclusões delas derivadas por dedução. Seu método é indutivo, e extrai suas generalizações de proposições particulares. Esse processo foi enunciado de maneira admirável por Munroe Smith: "Em seu esforço para dar ao senso social de justiça uma expressão articulada em regras e princípios, o método dos especialistas de descobrir o Direito sempre foi experimental. As normas e os princípios do Direito estabelecido por precedente legal ou por decisão judicial nunca foram tratados como verdades conclusivas, mas como hipóteses de trabalho continuamente submetidas a novos testes nesses grandes laboratórios do Direito que são os tribunais de justiça. Cada nova causa é uma experiência; e, se a norma aceita que parece ser aplicável produz um resultado que parece ser injusto, a norma é reconsiderada. Pode ser que não seja modificada de imediato, pois a tentativa de fazer justiça absoluta em cada caso isolado impossibilitaria o desenvolvimento e a manutenção de normas gerais; porém, se a norma continua a produzir injustiça, terminará por ser reformulada. Os próprios princípios são sempre submetidos a novos testes porque, se as normas derivadas de um princípio não funcionarem bem, o próprio princípio deverá, em última instância, ser reexaminado."[16]

---

16. Munroe Smith, "Jurisprudence", Columbia University Press, 1909, p. 21; cf. Pound, "Courts and Legislation", 7 *Am. Pol. Science Rev.* 361; 9 *Modern Legal Philosophy Series*, p. 214; Pollock, "Essays in Jurisprudence and Ethics", p. 246.

Um exemplo pode ilustrar como ocorre esse processo de reexame e reformulação. Creio que, cinqüenta anos atrás, bem se poderia ter enunciado como um princípio geral que A poderia gerir seu negócio como bem entendesse, ainda que seu propósito fosse causar prejuízo a B, a menos que o ato configurasse uma prática nociva aos direitos do outro[17]. As cercas construídas como forma de provocação eram um exemplo bastante conhecido, e a isenção de responsabilidade em tais circunstâncias deveria ilustrar não a exceção, mas a regra[18]. Essa regra pode ter sido um princípio operacional adequado para regulamentar as relações entre indivíduos ou classes numa comunidade simples ou homogênea. Com a crescente complexidade das relações sociais, sua inadequação tornou-se evidente. À medida que se multiplicaram as controvérsias particulares e tentou-se testá-las pelo antigo princípio, descobriu-se que havia algo errado com os resultados, o que levou a uma reformulação do próprio princípio. Hoje em dia, a maioria dos juízes se inclina a dizer que aquilo que outrora se pensava ser a exceção é a regra, e o que antes se via como regra é a exceção. A não pode nunca fazer alguma coisa em seu negócio com o propósito de prejudicar outra pessoa, sem uma justificação justa e razoável[19]. Houve uma nova generalização que, aplicada a novas circunstân-

---

17. Cooley, "Torts", 1.ª ed., p. 93; Pollock, "Torts", 10.ª ed., p. 21.
18. *Phelps vs. Nowlen*, 72 N.Y. 39; *Rideout vs. Knox*, 148 Mass. 368.
19. *Lamb vs. Cheney*, 227 N.Y. 418; *Aikens vs. Wisconsin*, 195 U. S. 194, 204; Pollock, "Torts", *supra*.

cias particulares, produz resultados que estão mais em harmonia com as circunstâncias particulares do passado e, o que é ainda mais importante, são mais compatíveis com o bem-estar social. Esse trabalho de modificação é gradual. Avança centímetro a centímetro. Seus efeitos devem ser medidos por décadas, e mesmo séculos. Assim medidos, vê-se que têm atrás de si o poder e a pressão de uma geleira em movimento. É improvável que subestimemos a força que foi aplicada se olharmos para trás, para sua ação. "Não há nenhuma crença que não seja abalada, nenhum dogma autorizado que não se mostre questionável, nenhuma tradição estabelecida que não ameace dissolver-se."[20] Essas são as palavras de um crítico da vida e das letras que escreveu quarenta anos atrás, observando o crescente ceticismo de sua época. Sinto-me tentado a aplicar suas palavras à história do Direito. Dificilmente uma norma de hoje corresponde exatamente àquela que ontem era seu oposto. A responsabilidade absoluta pelos próprios atos é hoje a exceção; em geral é preciso que haja algum indício de culpa, seja deliberada, seja por negligência. Houve época, porém, em que a responsabilidade absoluta era a regra[21]. Retornos ocasionais ao modelo

---

20. Arnold, "Essays in Criticism", segunda série, p. 1.
21. Holdsworth, "History of English Law", 2, p. 41; Wigmore, "Responsibility for Tortious Acts", 7 *Harvard L. R.* 315, 383, 441; 3 *Anglo-Am. Legal Essays* 474; Smith, "Liability for Damage to Land", 33 *Harvard L. R.* 551; Ames, "Law and Morals", 22 *Harvard L. R.* 97, 99; Isaacs, "Fault and Liability", 31 *Harvard L. R.* 954.

O MÉTODO DA FILOSOFIA

anterior podem ser encontrados na legislação recente[22]. As promessas mútuas dão origem a uma obrigação, e seu rompimento acarreta o direito de entrar com uma ação por perdas e danos. Houve um tempo em que a obrigação e o remédio jurídico eram desconhecidos, a menos que a promessa assumisse uma forma contratual[23]. Os direitos de litigar podem ser adquiridos, e o adquirente pode demandá-los em juízo embora os tenha adquirido tendo em vista a ação judicial. Houve época em que isso era impossível e a manutenção do processo judicial constituía um crime. Não serve de base, hoje, para uma ação por dolo que se demonstre, sem mais, que houve quebra da promessa de um ato futuro; no entanto, a quebra de tal promessa passou a ter um remédio jurídico em nosso direito porque passou a ser considerada um dolo[24]. Essas mudanças, ou a maioria delas, foram forjadas por juízes. Os homens que as forjaram utilizaram as mesmas ferramentas que os juízes de hoje. Do modo como eram feitas num ou noutro caso, as mudanças talvez não parecessem significativas no momento em que eram feitas. O resultado, porém, quando o processo se prolongou através dos

---

22. Cf. Duguit, "Les Transformations générales du droit privé depuis le Code Napoléon", *Continental Legal Hist. Series*, vol. XI, pp. 125, 126, secs. 40, 42.
23. Holdsworth, *supra*, 2, p. 72; Ames, "History of Parol Contracts prior to Assumpsit", 3 *Anglo-Am. Legal Essays* 304.
24. Holdsworth, *supra*, 3, pp. 330, 336; Ames, "History of Assumpsit", 3 *Anglo-Am. Legal Essays* 275, 276.

anos, não foi apenas suplementar ou modificar; foi revolucionar e transformar. Para cada tendência, parece que encontramos uma contratendência; para cada regra, sua antinomia. Nada é estável. Nada é absoluto. Tudo é fluido e mutável. Há um eterno "vir a ser". Estamos diante de Heráclito. Ou seja, essa é a impressão média ou total que o quadro deixa em nossa mente. Nos últimos três séculos, sem dúvida, algumas linhas que antes eram flexíveis se tornaram rígidas. Hoje em dia, deixamos mais coisas a cargo da legislatura e menos talvez a cargo dos juízes[25]. Entretanto, mesmo agora há mudanças de uma década para outra. A geleira ainda se move.

Nesse fluxo perpétuo, o problema com que o juiz depara é, na verdade, duplo: primeiro, ele precisa extrair dos precedentes o princípio subjacente, a *ratio decidendi*; depois, precisa determinar o caminho ou a direção em que o princípio deve se mover e se desenvolver, para evitar que feneça e morra.

O primeiro ramo do problema é aquele ao qual estamos acostumados a nos dedicar de modo mais consciente que ao outro. As causas não expõem seus princípios gratuitamente. Só revelam seu cerne de maneira lenta e penosa. O exemplo não pode levar a uma generalização até que o conheçamos tal como é. Isso, por si só, já não é uma tarefa fácil. Pois a coisa julgada muitas vezes chega a nós envolta em pro-

---

25. F. C. Montague em "A Sketch of Legal History", Maitland e Montague, p. 161.

nunciamentos incidentais* impenetráveis, que devem ser rejeitados e deixados de lado. Os juízes diferem muito em sua reverência pelos exemplos, comentários e pelas observações secundárias de seus predecessores, para não mencionar as diferenças entre eles próprios. Todos concordam que pode haver divergência quando da formulação do parecer. Alguns parecem sustentar que não pode haver mais nenhuma no momento seguinte. Uma inspiração plenária impregnou, então, o trabalho da maioria. Ninguém, é claro, admite essa crença, embora às vezes ela transpareça na conduta. Confesso que para mim é um grande mistério saber como é que os juízes, dentre todas as pessoas no mundo, deveriam acreditar em observações incidentais que não constituem fonte de Direito. Uma breve experiência na magistratura foi suficiente para me revelar todo tipo de fissuras, fendas e brechas em meus próprios pareceres quando retomados alguns meses após o veredicto e lidos novamente, com a devida contrição. A convicção de que nossa própria infalibilidade é um mito leva facilmente, e com um grau de satisfação um tanto maior, à recusa em atribuir infalibilidade a outros. Mas os pronunciamentos incidentais nem sempre são assinalados como tais, e nem sempre os reconhecemos de imediato. Há uma necessidade

---

* Em inglês, *dicta*, forma reduzida de *obter dicta*, opiniões expressas por um juiz no tribunal, ou ao proferir sentenças, mas que não são essenciais à decisão e, portanto, não constituem fonte de Direito. (N. da T.)

constante, como bem sabem todos os estudiosos do Direito, de separar o acidental e o não essencial do essencial e inerente. Vamos supor, no entanto, que essa tarefa tenha sido realizada e que se conheça o precedente tal como realmente é. Suponhamos também que o princípio nele latente tenha sido habilmente extraído e enunciado com exatidão. Só a metade, ou menos da metade do trabalho, foi feita. Permanece o problema de delimitar os limites e as tendências de desenvolvimento e crescimento, de acionar a força diretiva para que siga o caminho certo na encruzilhada dos caminhos.

A força diretiva de um princípio pode ser exercida ao longo da linha de progressão lógica, e chamarei isso de regra da analogia ou método da filosofia; ao longo da linha de desenvolvimento histórico, e chamarei isso de método da evolução; ao longo da linha dos costumes da comunidade, e chamarei isso de método da tradição; ao longo das linhas da justiça, da moral e do bem-estar social, dos *costumes* da época, e a isso chamarei de método da sociologia.

Entre os princípios de seleção para guiar nossa escolha de caminhos, coloquei em primeiro lugar a regra da analogia ou o método da filosofia. Ao fazê-lo, não pretendo considerar esse método como o mais importante. Ao contrário, ele é muitas vezes sacrificado aos outros. Coloquei-o em primeiro lugar porque tem, a meu ver, uma certa presunção a seu favor. Dada uma grande quantidade de informações, um grande número de julgamentos sobre tópicos afins, o princípio que os unifica e racionaliza tem uma tendência, e uma tendência legítima, a projetar-se e estender-se a novos casos dentro dos limites de sua capacidade de unificar e racionalizar. Tem a primazia que advém da sucessão natural, regular e lógica. É preciso reconhecer sua superioridade sobre todos os princípios rivais que, ao recorrer à história, à tradição, à política ou à justiça, são incapazes de produzir um Direito melhor. Todos os tipos de forças defletivas podem aparecer para contestar seu domínio e absorver seu poder. Ele é, no mínimo, o herdeiro presuntivo. Um pretendente ao título terá de abrir seu caminho à força.

Juízes ilustres se referiram algumas vezes ao princípio da filosofia, isto é, do desenvolvimento lógico, como se tivesse pouco ou nenhum significado em nosso Direito. É provável que nenhum deles tenha sido fiel a essa crença em sua conduta. Lorde Halsbury disse, em *Quinn vs. Leathem*, 1901, A. C. 495, 506: "Uma causa só é autoridade para aquilo que realmente decide. Não aceito, de forma alguma, que seja citada para proposições que pareçam constituir uma decorrência lógica dela. Esse tipo de raciocínio pressupõe que o Direito é um código necessariamente lógico, ao passo que todo jurista deve reconhecer que o Direito nem sempre é lógico."[26] Pode ser que tudo isso seja verdade, mas não devemos

---

26. Cf. Bailhache, J., em *Belfast Ropewalk Co. vs. Bushell*, 1918, 1 K. B. 210, 213: "Feliz ou infelizmente, não estou certo, nosso Direito não é uma ciência."

levar a verdade tão longe assim. A coerência lógica não deixa de ser um bem pelo fato de não ser o bem supremo. Numa frase que hoje é clássica, Holmes disse que "a vida do Direito não tem sido lógica; tem sido experiência"[27]. Mas Holmes não nos disse que a lógica deve ser ignorada quando a experiência se cala. Não devo estragar a simetria da estrutura jurídica com a introdução de incoerências, irrelevâncias e exceções artificiais, a menos que haja alguma razão suficiente, e esta geralmente será uma consideração relativa à história, ao costume, à política ou à justiça. Na ausência de tal razão, devo ser lógico, assim como devo ser imparcial, e por motivos semelhantes. Não basta decidir a mesma questão de uma maneira entre um grupo de litigantes e decidi-la da maneira oposta entre outro grupo. "Se um conjunto de causas envolve a mesma questão, as partes esperam que se chegue à mesma decisão. Seria uma injustiça gritante decidir causas consecutivas com base em princípios opostos. Se uma causa foi decidida de modo desfavorável a mim ontem, quando eu era o réu, devo esperar pelo mesmo julgamento hoje, se sou eu o demandante. Uma decisão diferente despertaria em mim um sentimento de ressentimento e erro; seria uma violação, material e moral, dos meus direitos."[28] Todos sentem a força desse sentimento quando dois

---

27. "The Common Law", p. 1.
28. W. G. Miller, "The Data of Jurisprudence", p. 335; cf. Gray, "Nature and Sources of the Law", sec. 420; Salmond, "Jurisprudence", p. 170.

casos são iguais. A adesão ao precedente deve então ser a regra, não a exceção, para que os litigantes tenham fé na administração imparcial da justiça nos tribunais. Um sentimento semelhante, apesar de diferente em grau, está na raiz da tendência do precedente a estender-se pelas linhas do desenvolvimento lógico[29]. Não há dúvida de que o sentimento é poderosamente reforçado pelo que, com freqüência, nada mais é que uma paixão intelectual pela *elegantia juris*, pela simetria da forma e da substância[30]. Esse é um ideal que jamais deixará de exercer uma certa atração sobre os especialistas profissionais que compõem a classe dos juristas. Significava muito para os juristas romanos, mais do que para os juristas ingleses ou os nossos, e certamente mais do que significa para os clientes. "O cliente", diz Miller em seu "Data of Jurisprudence"[31], "pouco se importa com um caso 'bonito'! O que ele deseja é uma solução nos termos mais favoráveis que puder obter." Isso também nem sempre é verdade. Contudo, à medida que o direito jurisprudencial se desenvolve, as sórdidas controvérsias entre os litigantes são a matéria a partir da qual se formulam, no fim, as grandes e ilustres verdades. O acidental e o transitório produzirão o essencial e o permanente. O juiz que molda o Direito pelo méto-

---
29. Cf. Gény, "Méthode d'Interprétation et Sources en droit privé positif", vol. II, p. 119.
30. W. G. Miller, *supra*, p. 281; Bryce, "Studies in History and Jurisprudence", vol. II, p. 629.
31. P. 1.

do da filosofia pode estar satisfazendo um anseio intelectual pela simetria de forma e substância. Mas ele está fazendo algo mais. Está mantendo o Direito fiel em sua resposta a um sentimento arraigado e imperioso. É possível que somente os especialistas sejam capazes de aferir a qualidade de seu trabalho e aquilatar sua importância. O julgamento deles, no entanto, o julgamento da classe dos juristas, irá se espalhar entre os outros e tingir a consciência comum e a fé comum. Na falta de outros padrões, o método da filosofia deve continuar sendo o sistema de investigação dos tribunais, para que se eliminem o acaso e o favor e para que os assuntos humanos sejam geridos com a uniformidade serena e imparcial que é da essência da idéia de Direito.

Vocês dirão que há uma indefinição intolerável nisso tudo. Se há que se empregar o método da filosofia na falta de outro melhor, é preciso fornecer algum critério de adequação comparativa. Antes de concluir, espero delinear, ainda que apenas em linhas muito gerais, as considerações fundamentais que devem reger a escolha dos métodos. É natural que não se possam catalogá-las com precisão. Boa parte ficará por conta da destreza no uso das ferramentas que a prática de uma arte desenvolve. Algumas pistas, algumas sugestões, e o resto deve-se confiar à intuição do artista. No momento, porém, dou-me por satisfeito em estabelecer o método da filosofia como um sistema de investigação entre vários, deixando a escolha de um ou outro para uma discussão posterior.

É bem provável que eu tenha me empenhado demais para estabelecer para esse método o direito a um lugar tão modesto. Na Faculdade de Direito da Universidade de Yale, sobretudo, esse direito não será contestado. Digo isso porque, no trabalho de um brilhante professor dessa escola, o falecido Wesley Newcomb Hohfeld, encontro um impressionante reconhecimento da importância desse método, quando mantido dentro dos devidos limites, e algumas das mais felizes ilustrações de sua legítima utilização. Seu tratado "Fundamental Conceptions Applied in Judicial Reasoning" é, na verdade, um apelo a que as concepções fundamentais sejam analisadas com mais clareza e que suas implicações filosóficas, suas conclusões lógicas, sejam desenvolvidas de maneira mais consistente. Não pretendo atribuir a ele o ponto de vista de que conclusões lógicas devem sempre ser deduzidas das concepções desenvolvidas pela análise. "Ninguém viu mais claramente do que ele que, embora a matéria analítica seja uma ferramenta indispensável, não é plenamente suficiente para o jurista."[32] "Ele enfatizou, repetidas vezes" que "o trabalho analítico serve apenas para preparar o caminho para outros ramos da teoria do Direito, e que, sem a ajuda desta última, não se pode chegar a soluções satisfatórias para os problemas jurídicos."[33] Precisamos saber aonde levam a lógica e a filosofia, ainda que decida-

---

32. Introdução ao tratado de Hohfeld, por W. W. Cook.
33. Introdução do professor Cook.

mos abandoná-las por outros guias. Haverá muitos momentos em que o melhor a fazer será seguir na direção que elas apontam.

O exemplo, mesmo que não seja melhor que o preceito, pode ao menos mostrar-se mais fácil. Poderemos chegar a alguma idéia acerca da classe de questões a que o método se adapta quando estudarmos a classe de questões ao qual foi aplicado. Permitam-me citar algumas ilustrações casuais e conclusões adotadas por nosso Direito mediante o desenvolvimento de concepções jurídicas às suas conclusões lógicas. A concorda em vender um bem móvel a B. Antes da transferência do título, o bem é destruído. A perda recai sobre o vendedor que entrou em juízo para obter o valor acordado[34]. A concorda em vender uma casa e o terreno. Antes da transferência do título, a casa é destruída. O vendedor inicia uma ação judicial, dentro dos princípios da eqüidade*, para exigir do comprador o ato contratado. O prejuízo recai

---

34. *Higgins vs. Murray*, 73 N.Y. 252, 254; 2 Williston on Contracts, sec. 962; N.Y. Personal Prop. Law, sec. 103a.

* No Direito anglo-americano, "eqüidade" denota os princípios do direito ou da justiça natural, em contraste com as normas do direito positivo. Princípios de eqüidade podem ser empregados pelo juiz para prover reparação jurídica em casos com respeito aos quais as normas legais (incluindo as normas da *common law*) parecem ser insuficientes, inadequadas ou excessivamente inflexíveis. Alguns estados norte-americanos chegaram a instituir, durante certo tempo, "tribunais de eqüidade" separados dos tribunais de justiça convencionais. Hoje é comum falar da "common law" para se referir ao corpo todo do Direito, incluindo a *common law* e a eqüidade. (N. do R. T.)

O MÉTODO DA FILOSOFIA 25

sobre o comprador[35]. Esse talvez seja o ponto de vista predominante, embora sua sabedoria tenha sido fortemente criticada[36]. Essas conclusões discrepantes não são ditadas por considerações discrepantes de política ou justiça. São projeções de um princípio a seu resultado lógico, ou ao resultado que se supõe lógico. Para a eqüidade, isso significa fazer o que devia ser feito. Os contratos para venda de terras, ao contrário da maioria dos contratos para venda de bens móveis, estão dentro da jurisdição da eqüidade. Da ótica da eqüidade, o adquirente é, desde o início, o proprietário. Desse modo, tanto o ônus quanto os benefícios da propriedade serão dele. Para citar outra ilustração do que pretendo dizer, tomarei os casos que definem os direitos de beneficiários de coisas sob litígio*. Na discussão desses casos, encontram-se muitos conflitos de opinião em torno de concepções fundamentais. Alguns dizem que o beneficiário tem a propriedade legal[37]; outros, que seu direito é meramente eqüitativo[38]. Levando em conta, porém, a concepção fundamental, todos concordam em deduzir suas conseqüências por meio de métodos nos quais o elemento preponderante é o método da filosofia. Podemos encontrar exemplos análogos no direito fi-

---
35. *Paine vs. Meller*, 6 Ves. 349, 352; *Sewell vs. Underhill*, 197 N.Y. 168; 2 *Williston on Contracts*, sec. 931.
36. 2 *Williston on Contracts*, sec. 940.
* "Choses in action".
37. Cook, 29 *Harvard L. R.* 816, 836.
38. Williston, 30 *Harvard L. R.*, 97; 31 *ibid.* 822.

duciário e contratual, e em muitos outros campos. Seria enfadonho enumerá-los. Contudo, a força diretiva da lógica nem sempre se exerce ao longo de um caminho único e desimpedido. Um princípio ou precedente, levado ao limite de sua lógica, pode apontar para uma conclusão; outro princípio ou precedente, seguido com a mesma lógica, pode apontar com igual certeza para outra. Nesse conflito, precisamos escolher entre dois caminhos, selecionando um ou outro, ou talvez seguindo um terceiro, que será a resultante das duas forças combinadas ou representará o meio entre os extremos. Para ilustrar tal conflito, citarei a famosa causa *Riggs vs. Palmer*, 115 N.Y. 506. Esse processo decidiu que um tribunal de eqüidade não permitiria que um legatário que tivesse assassinado seu testador usufruísse os benefícios do testamento. Princípios conflitantes competiam aí pela supremacia. Um deles prevaleceu sobre todos os demais. Havia o princípio da força compulsória de um testamento que dispõe do patrimônio de um testador em conformidade com a lei. Levado ao limite de sua lógica, esse princípio parecia sustentar o direito do assassino. Havia o princípio de que os tribunais de justiça civil não podem aumentar os castigos e as penalidades dos crimes. Este, levado ao limite de sua lógica, parecia também assegurar o direito do assassino. Mas contra esses princípios havia um outro, de maior generalidade, com raízes profundamente firmadas em sentimentos universais de justiça, o princípio de que nenhum homem deve se beneficiar de sua própria iniqüidade ou tirar proveito de seu próprio erro. A lógica desse princípio prevaleceu sobre a lógica dos demais. Digo que sua lógica prevaleceu. O que realmente nos interessa, entretanto, é saber por que e como se escolheu entre uma lógica e outra. Nesse exemplo, a razão não é obscura. Tomou-se um caminho e fechou-se o outro devido à convicção, na mente judicial, de que o caminho escolhido levava à justiça. As analogias, os precedentes e os princípios por trás deles concorreram como rivais pela precedência; no fim, o princípio que se considerou como o mais fundamental, para representar os mais amplos e profundos interesses sociais, desbancou seus concorrentes. Não estou muito interessado na fórmula particular pela qual se chegou à justiça. A coerência foi preservada e a lógica recebeu seu tributo ao se reconhecer o direito legal, subordinando-o, porém, a um contrato fiduciário presumido[39*]. Isso nada mais é que a "fórmula pela qual a consciência da eqüidade encontra sua expressão"[40]. A propriedade é adquirida em circunstâncias tais que o titular do direito legal não pode de boa-fé permanecer como parte benefi-

---

39. *Ellerson vs. Westcott*, 148 N. Y. 149, 154; Ames, "Lectures on Legal History", pp. 313, 314.

* "Constructive trust", no direito anglo-americano, é uma relação fiduciária que não é criada por um contrato, e sim imposta pelo Tribunal a uma pessoa que detém o controle legal da propriedade nos casos em que é contrário aos princípios de eqüidade que essa pessoa usufrua dos benefícios da propriedade em questão. (N. do R. T.)

40. *Beatty vs. Guggenheim Exploration Co.*, 225 N.Y. 380, 386.

ciada. Para expressar desaprovação à conduta dele, a eqüidade o converte num fiduciário[41]. Essas fórmulas são apenas mecanismos remediadores mediante os quais um resultado concebido como certo e justo é harmonizado com os princípios e com a simetria do sistema jurídico. O que me interessa agora não é o mecanismo remediador, mas o motivo subjacente, a energia criativa e inerente que aciona tais mecanismos. O assassino perdeu a herança que o levou a cometer o assassinato porque o interesse social que se cumpre com a recusa em permitir que o criminoso obtenha vantagens com seu crime é maior do que o interesse que se cumpre com a preservação e execução de direitos legais de propriedade. Minha ilustração levou-me, na verdade, a ultrapassar meu tema. O processo judicial nela se dá no microcosmo. Seguimos adiante com nossa lógica, nossas analogias e nossas filosofias até atingir um certo ponto. De início, não temos nenhum problema com os caminhos; eles seguem as mesmas linhas. Então começam a divergir, e precisamos escolher entre eles. A história, o costume, a utilidade social, um sentimento premente de justiça ou talvez, às vezes, uma percepção semi-intuitiva do espírito que permeia nosso Direito precisam vir em socorro do ansioso juiz para dizer-lhe que caminho seguir.

É fácil reunir exemplos do processo – da constante verificação e comprovação da filosofia pela jus-

---

41. *Beatty vs. Guggenheim Exploration Co., supra*; Ames, *supra*.

tiça e da justiça pela filosofia. Tomemos a norma que permite o ressarcimento com indenização por defeitos em causas que envolvem desempenho substancial, embora incompleto. Aplicamos muitas vezes essa norma para proteger os construtores que, em detalhes insignificantes e sem intenções nocivas, descumpriram seus contratos. Por algum tempo, os tribunais tiveram certa dificuldade, ao decidir tais causas, em conciliar sua justiça com sua lógica. Mesmo hoje, manifesta-se uma sensação de desconforto quando se argumenta e se decide que os dois contextos não condizem. Como tive ocasião de afirmar numa causa recente: "Os que pensam mais em simetria e lógica no desenvolvimento das normas jurídicas do que na adaptação prática para a obtenção de um resultado justo" ficam "inquietos com uma classificação em que as linhas divisórias são tão oscilantes e indistintas"[42]. Não tenho dúvida de que a inspiração da norma é um mero sentimento de justiça. Afirmando-se esse sentimento, prosseguimos então para envolvê-lo no halo da conformidade ao precedente. Alguns juízes encontraram o princípio unificador no Direito dos quase-contratos. Outros o encontraram na distinção entre promessas dependentes e independentes, ou entre promessas e condições. No fim, porém, todos descobriram que *havia* um princípio no arsenal jurídico que, quando retirado da parede em que estava enferrujando, podia for-

---

42. *Jacobs & Youngs, Inc. vs. Kent*, 230 N.Y. 239.

necer uma arma para a luta e abrir caminho para a justiça. A justiça reagiu sobre a lógica, e o sentimento sobre a razão ao fazerem com que a escolha se desse entre uma lógica e outra. A razão, por sua vez, reagiu sobre o sentimento purgando-o do que é arbitrário, controlando-o quando poderia ter sido extravagante, associando-o ao método, à ordem, à coerência e à tradição[43].

Nessa concepção do método da lógica ou da filosofia como um sistema de investigação entre vários outros, não vejo nada hostil aos ensinamentos dos juristas europeus que o destituíram de seu posto e poder em sistemas jurídicos diferentes do nosso. Combateram um mal que só de leve, aqui e ali, atingia a *common law*. Não quero dizer que não existam campos em que precisamos ainda da mesma lição. Em certa medida, no entanto, fomos poupados, em virtude do processo indutivo por meio do qual nosso direito jurisprudencial se desenvolveu, dos males e perigos que são inseparáveis do desenvolvimento do Direito com base na *jus scriptum*, mediante um processo de dedução[44]. Contudo, nem mesmo os juristas europeus que enfatizam a necessidade de outros métodos nos pedem para abstrair dos princípios jurídicos toda a sua energia frutífera. O mau uso da lógica ou da filosofia começa quando seu método e seus fins são tratados como

---

43. Cf. *Hynes vs. N. Y. Central R. R. Co.* (231 N.Y. 229, 235).
44. "Notre droit public, comme notre droit privé, est un *jus scriptum*" (Michoud, "La Responsibilité de l'état à raison des fautes de ses agents", *Revue du droit public*, 1895, p. 273, citado por Gény, vol. I, p. 40, sec. 19).

supremos e definitivos. Eles não podem nunca ser totalmente banidos. "Com certeza", diz François Gény[45], "não se deveria cogitar de banir o raciocínio e os métodos lógicos da ciência do direito positivo." Mesmo os princípios gerais podem às vezes ser seguidos à risca na dedução de suas conseqüências. "O abuso", diz ele, "consiste, se não estou enganado, em imaginar que as concepções ideais, cuja natureza é provisória e puramente subjetiva, são dotadas de realidade objetiva permanente. E esse falso ponto de vista, que a meu ver é um vestígio do realismo absoluto da Idade Média, acaba restringindo todo o sistema do direito positivo, *a priori*, a um número limitado de categorias lógicas que são predeterminadas em essência, imóveis na base, regidas por dogmas inflexíveis e, portanto, incapazes de adaptar-se às exigências sempre variadas e cambiantes da vida."

No Direito, assim como em qualquer outro ramo do conhecimento, as verdades alcançadas por indução tendem a formar as premissas para novas deduções. Os juristas e juízes das sucessivas gerações não repetem para si mesmos o processo de verificação, do mesmo modo que a maioria de nós não repete as demonstrações das verdades da astronomia ou da física. Forma-se um acervo de concepções e fórmulas jurídicas que então se tornam, por assim dizer, imediatamente disponíveis para nós. Concepções fundamentais como contrato, posse, propriedade, testamento e

---

45. *Op. cit.*, vol. I, p. 127, sec. 61.

muitas outras estão ali, prontas para ser usadas. Não preciso indagar de que maneira chegaram até ali. O que estou escrevendo não é uma história da evolução do Direito, mas um esboço do processo judicial aplicado ao direito plenamente desenvolvido. Essas concepções fundamentais, uma vez alcançadas, constituem o ponto de partida do qual derivam novas conseqüências que, às primeiras tentativas e tenteios, ganham por reiteração uma nova permanência e certeza. No fim, elas próprias passam a ser aceitas como fundamentais e axiomáticas. Assim também se dá com o desenvolvimento de um precedente a outro. As implicações de uma decisão podem parecer pouco claras de início. Mediante comentários e exposições, as novas causas extraem-lhe a essência. Ao fim, emerge uma norma ou um princípio que se torna um dado, um ponto de partida do qual novas linhas surgirão, novos cursos serão traçados. Às vezes, descobre-se que a norma ou o princípio foi formulado de maneira muito ampla ou muito estreita e precisa, portanto, ser reformulado. Outras vezes é aceito como postulado para um raciocínio posterior; suas origens são esquecidas e ele se torna um novo tronco genealógico, sua prole se une com outras estirpes e continuam a permear o Direito. Pode-se dar a esse processo o nome que se queira: analogia, lógica ou filosofia. De qualquer modo, sua essência é a derivação de uma conseqüência a partir de uma norma, um princípio ou precedente que, aceito como um dado, traz implicitamente em si o germe da conclusão. Não uso aqui a palavra "filosofia" em nenhum sentido estrito ou formal. O método parte do silogismo, numa das pontas, para reduzir-se à mera analogia, na outra. Às vezes, a extensão de um precedente vai até o limite de sua lógica. Às vezes não chega tão longe. Outras vezes, por um processo de analogia, é levado ainda mais além. Trata-se de uma ferramenta que nenhum sistema de teoria do direito conseguiu descartar[46]. Uma norma que funciona bem num campo ou que, em todo caso, está presente quer se revele ou não seu funcionamento é transferida para outro. Agrupo os exemplos desse processo sob a mesma classificação em que se encontram aqueles nos quais o nexo da lógica é mais evidente e vinculatório[47]. No fundo, e em seus motivos subjacentes, são fases do mesmo método. São inspirados pelo mesmo anseio de coerência, certeza e uniformidade de plano e de estrutura. Têm suas raízes no empenho constante da mente em alcançar uma unidade maior e mais abrangente, na qual as diferenças se reconciliem e as anomalias desapareçam.

---

46. Ehrlich, "Die Juristische Logik", pp. 225, 227.
47. Cf. Gény, *op. cit.*, vol. II, p. 121, sec. 165; também vol. I, p. 304, sec. 107.

Palestra II.
Os métodos da história, da tradição e da sociologia

Contudo, o método da filosofia entra em competição com outras tendências que acabam por expressar-se em outros métodos. Um deles é o método histórico, ou método da evolução. A tendência de um princípio a expandir-se até o limite de sua lógica pode ser neutralizada pela tendência a restringir-se aos limites de sua história. Não quero dizer que mesmo nesse caso os dois métodos estejam sempre em oposição. Uma classificação que estabeleça uma distinção entre eles está sujeita, sem dúvida, à crítica de que envolve uma certa sobreposição das linhas e dos princípios de divisão. Com muita freqüência, o efeito da história é elucidar o caminho da lógica[1]. O crescimento pode ser lógico quer seja moldado pelo princípio da coerência com o passado quer pelo princípio da coerência com alguma norma preestabelecida, alguma concepção geral, algum "princípio inerente e criativo"[2]. A força diretiva do precedente pode ser

---
1. Cf. Holmes, "The Path of the Law", 10 *Harvard L. R.* 465.
2. Bryce, "Studies in History and Jurisprudence", vol. II, p. 609.

encontrada tanto nos eventos que fizeram dele o que é quanto em algum princípio que nos permita dizer que ele é o que deve ser. O desenvolvimento pode envolver uma investigação das origens ou um esforço da razão pura. Os dois métodos têm sua lógica. Por ora, no entanto, será conveniente identificar o método da história com um e restringir o método da lógica ou da filosofia ao outro. Algumas concepções do Direito devem sua forma corrente quase que exclusivamente à história. Só devem ser entendidas como produtos históricos. No desenvolvimento de tais princípios, é provável que a história predomine sobre a lógica ou sobre a razão pura. Outras concepções, embora tenham, por certo, uma história, se constituíram e tomaram forma, em grande medida, sob a influência da razão ou da jurisprudência comparativa. Fazem parte do *jus gentium*. No desenvolvimento de tais princípios, é provável que a lógica prevaleça sobre a história. Um exemplo é a concepção de pessoa jurídica, com a longa série de conseqüências que essa concepção engendrou. Às vezes, o tema irá prestar-se, com a mesma naturalidade, a um método como o outro. Nessas circunstâncias, as considerações sobre costume ou utilidade muitas vezes se farão presentes para regulamentar a escolha. Haverá um resíduo em que a personalidade do juiz, seu gosto, sua formação ou sua disposição de espírito podem mostrar-se como fator de controle. Não quero dizer que a força diretiva da história, mesmo quando suas pretensões são as mais assertivas, confina o Direito do futuro a uma insípida repetição do Direito do presente e do passado. Digo simplesmente que a história, ao iluminar o passado, ilumina o presente e, ao iluminar o presente, ilumina o futuro. "Se houve uma época", diz Maitland[3], "em que o espírito histórico (o espírito que se empenhou em entender a jurisprudência clássica de Roma e das Doze Tábuas, a *Lex Salica* e a lei de todas as eras e lugares) pareceu ser fatalista e hostil à reforma, essa época já pertence ao passado. [...] Hoje em dia, podemos ver o papel da pesquisa histórica como o de explicar, e portanto elucidar, a pressão que deve exercer o passado sobre o presente e o presente sobre o futuro. Hoje estudamos o anteontem, para que o ontem não paralise o hoje e o hoje não paralise o amanhã."

Permitam-me falar primeiro dos campos onde não pode haver progresso sem história. Creio que o direito imobiliário fornece o exemplo mais à mão[4]. O sistema de possessões feudais não foi concebido por um legislador que meditava sobre a criação de um código de leis. A história construiu o sistema e a lei que veio com ele. Jamais, por um processo de dedução lógica a partir da idéia de propriedade abstrata, poderíamos distinguir as particularidades de um bem alodial transmissível por via de sucessão hereditária daquelas de um direito de usufruto com duração limitada à vida de uma pessoa, ou as deste último

---

3. "Collected Papers", vol. II, p. 438.
4. *Techt vs. Hughes*, 229 N.Y. 222, 240.

das de uma posse por tempo fixo. Sobre esses pontos, "uma página de história vale todo um volume de lógica"[5]. E assim é para qualquer direção que olhemos na inextricável floresta do direito imobiliário. Restrições à alienação, suspensão de propriedade absoluta, direitos futuros e contingentes de propriedade*, testamentos (de propriedade imobiliária) executáveis, contrato fiduciário privado e contrato fiduciário filantrópico, todas essas designações do Direito só podem ser entendidas à luz da história e dela recebem o impulso que deverá forjar seu desenvolvimento subseqüente. Não quero dizer que mesmo nesse campo o método da filosofia não desempenhe papel algum. Algumas das concepções do direito imobiliário, uma vez estabelecidas, são levadas a sua conclusão lógica com extremo rigor. O problema é que as próprias concepções chegaram a nós vindas de fora, não de dentro; que encarnam mais o pensamento do passado que o do presente; que, separadas do passado, sua forma e seu significado são ininteligíveis e arbitrários; e que, portanto, seu de-

---

5. Holmes, J., em *N.Y. Trust Co. vs. Eisner*, 256 U. S. 345, 349.

* *Contingent remainders.* "Contingent remainders" refere-se a um direito futuro de propriedade que depende de que certas circunstâncias se verifiquem. Por exemplo, se Pedro registra em testamento que sua fazenda deve ser passada (após sua morte) a seu irmão Paulo e que, em caso da morte de Paulo, deve ser legada a José, José tem nesse caso um "remainder" (um direito futuro de propriedade) e os filhos de José têm um "contigent remainder", um direito de propriedade de que somente serão investidos no caso das mortes de Paulo e de José. (N. do R. T.)

senvolvimento, para ser verdadeiramente lógico, não deve perder de vista suas origens – numa medida que seja válida para a maioria das concepções do Direito. Os princípios metafísicos raramente foram sua essência. Se enfatizo o direito imobiliário, é apenas por ser um exemplo evidente. Há inúmeros outros exemplos, embora menos evidentes. "As formas de ação que sepultamos", diz Maitland[6], "ainda nos governam de seus túmulos." Holmes pensa da mesma maneira[7]: "Se examinarmos o direito contratual", diz ele, "veremos que está impregnado de história. As distinções entre dívida, contrato e promessa ou compromisso verbal são meramente históricas. A classificação de certas obrigações de pagar dinheiro, impostas pelo Direito, e a despeito de quaisquer negociações que possam ter ocorrido, como quase-contratos, é puramente histórica.* A doutrina da consideração é puramente histórica. O efeito atribuído a contrato escrito só se explica pela história." Os poderes e as funções de um testamenteiro, as distinções entre furto e desfalque, as regras relativas à jurisdição apropriada para uma determinada ação legal e a jurisdi-

---

6. "Equity and Forms of Action", p. 296.
7. "The Path of the Law", 10 *Harvard L. R.* 472.

* Na *common law*, "consideration" refere-se a algo de valor que alguém dá em troca para obter alguma coisa de outra pessoa. Por exemplo, o aluguel pago para obter o direito de morar no apartamento de outra pessoa. Da ótica da *common law*, não se deveria dar às ofertas gratuitas, isto é, àquelas feitas sem que nada fosse exigido em troca, a proteção do direito contratual. Um contrato válido deveria sempre incluir uma cláusula de "consideração". (N. do R. T.)

ção sobre invasão de propriedade alheia são apenas algumas ilustrações fortuitas dos desenvolvimentos fomentados pela história e aos quais a história tende a dar forma. Há ocasiões em que o assunto em questão se presta, quase com indiferença, à aplicação de um ou outro método, e é a predileção do juiz ou sua formação que vai determinar a escolha dos caminhos. O tema foi discutido em profundidade por Pound[8]. Recorro a um de seus exemplos. Uma doação de bens móveis *inter vivos* é efetiva ainda que nenhum ato formal para tornar a transferência de propriedade legalmente efetiva tenha sido feito?* A controvérsia foi objeto de debates por muitos anos antes de ser resolvida. Alguns juízes apoiaram-se na analogia do direito romano; outros, na história das formas de transmissão de propriedade de nosso Direito. Alguns recorreram à análise das concepções fundamentais, estendendo depois os resultados da análise a conclusões lógicas. A vontade declarada de doar e aceitar deveria ter unicamente um efeito que fosse coerente com alguma definição preestabelecida de transação legal, de ato jurídico. Para outros, a idéia central não era a coerência com alguma concepção, a consideração do que a lógica determinava que fosse feito, mas antes a coerência com a história, a consideração do que havia sido feito. Penso que as opiniões em *Lumley vs. Gye*, 2 El. & Bl. 216, que esta-

---

8. "Juristic Science and the Law", 31 *Harvard L. R.* 1047.
* Sentido jurídico do termo "delivery". (N. do R. T.)

beleceram o direito de ação contra *A* por interferência dolosa num contrato entre *B* e *C*, revelam as mesmas tendências divergentes, a mesma diferença de ênfase. Em geral, os dois métodos se complementam. Saber qual método prevalecerá em cada caso é algo que pode depender, às vezes, de intuições relativas à conveniência ou adequação que são sutis demais para ser formuladas, imponderáveis demais para ser avaliadas, voláteis demais para ser localizadas ou mesmo plenamente compreendidas. Às vezes, as tendências predominantes nos textos atuais dos jurisfilósofos podem fazer pender a balança. Assim como na literatura, na arte e no vestuário, há modas e estilos na teoria do Direito. Mas falaremos mais sobre isso quando tratarmos das forças que agem subconscientemente na criação do Direito.

Se a história e a filosofia não servem para estabelecer a direção de um princípio, o costume pode intervir. Quando falamos de costume, podemos querer dizer mais de uma coisa. "*Consuetudo*", diz Coke, "é um dos principais triângulos das leis da Inglaterra; estas leis sendo divididas em *common law*, direito escrito e costumes."[9] Aqui, *common law* e costume são pensados como coisas distintas. Não é assim, no entanto, para Blackstone: "Esse direito não escrito, ou *common law*, pode dividir-se em três categorias: (1) costumes gerais, que são a regra universal de todo o Reino e formam a *common law*, em seu sentido mais estrito e

---

9. Coke sobre Littleton, 62a; *Post vs. Pearsall*, 22 Wend. 440.

mais comum; (2) os costumes particulares, que em sua maior parte só têm efeito sobre os habitantes de determinado distrito; (3) certas leis particulares, que por costume são adotadas e usadas por alguns tribunais de jurisdição bastante geral e extensa."[10]

Sem dúvida, a energia criativa do costume no desenvolvimento da *common law* é hoje menor do que foi em tempos idos[11]. Mesmo em tempos idos, é muito provável que sua energia tenha sido exagerada por Blackstone e seus seguidores. "Hoje reconhecemos", nas palavras de Pound[12], "que o costume é um costume de decisão judicial, não de prática popular." É "duvidoso", diz Gray[13], "se, em todas as etapas da história legal, não foram as normas formuladas por juízes que geraram o costume, em vez de ter sido o costume a gerar as normas". Em todo caso, hoje em dia recorremos ao costume, não tanto para a criação de novas normas, mas em busca dos critérios e padrões que devem determinar como as normas estabelecidas serão aplicadas. Quando o costume pretende fazer mais do que isso, há uma crescente tendência no Direito a deixar o desenvolvimento por conta da legislação. Os juízes não sentem a mesma necessidade de conceder o *imprimatur* da lei a costumes de desenvol-

---

10. Blackstone, Comm., pp. 67, 68; Gray, "Nature and Sources of the Law", p. 266, sec. 598; Sadler, "The Relation of Custom to Law", p. 59.
11. Cf. Gray, *supra*, sec. 634; Salmond, "Jurisprudence", p. 143; Gény, *op. cit.*, vol. I, p. 324, sec. III.
12. "Common Law and Legislation", 21 *Harvard L. R.* 383, 406.
13. *Supra*, sec. 634.

vimento recente, que insistem em ser admitidos no sistema jurídico e são olhados com desconfiança devido a algum novo aspecto de forma ou de conteúdo, como sentiriam se as legislaturas não estivessem quase sempre reunidas e não fossem capazes de estabelecer um Direito claro e impecável. Mas não se perde o poder por exercê-lo com cautela. "O direito comercial", diz um juiz inglês, "não é fixo nem estereotipado, nem foi detido, em seu desenvolvimento, pela conformação a um código; para usar as palavras do juiz Cockburn em *Goodwin vs. Roberts*, L. R. 10 Exch. 346, é capaz de expandir-se e ampliar-se para atender às necessidades do comércio."[14] Desde que não haja leis escritas incompatíveis com isso, novas categorias de instrumentos negociáveis podem ser criadas pela prática mercantil[15]. As obrigações das corporações públicas e privadas podem conservar a qualidade de negociabilidade apesar da presença de uma chancela que, na *common law*, a destruiria. "Não há nada imoral, nem contrário à boa política, em fazê-las negociáveis se as necessidades do comércio assim o exigem. Um dogma meramente técnico dos tribunais ou da *common law* não pode proibir o mundo comercial de inventar ou lançar algum tipo de título que não se conhecia no século passado."[16] Assim, na me-

---

14. *Edelstein vs. Schuler*, 1902; 2 K. B. 144, 154; cf. *Bechuanaland Exploration Co. v. London Trading Bank*, 1898, 2 Q. B. 658.
15. Casos, *supra*.
16. *Mercer County vs. Hacket*, 1 Wall. 83; cf. *Chase Nat. Bank vs. Faurot*, 149 N.Y. 532.

mória dos homens que ainda vivem, as grandes invenções que incorporaram a energia do vapor e da eletricidade, a estrada de ferro e o barco a vapor, o telégrafo e o telefone criaram novos costumes e um novo Direito. Já existe um corpo de literatura jurídica que trata dos problemas legais relativos ao ar. Contudo, não é tanto na criação de novas normas como na aplicação das antigas que se manifesta hoje, com mais freqüência, a energia criativa do costume. Os padrões gerais de direito e dever estão estabelecidos. O costume deve determinar se houve adesão ou desvio. Meu sócio tem as prerrogativas que são comuns no comércio. Elas podem ser tão bem conhecidas que os tribunais irão citá-las judicialmente. É o caso, por exemplo, da prerrogativa que tem um membro de uma empresa comercial de emitir ou endossar títulos de crédito no curso das atividades da empresa[17]. Podem ser de tal ordem que o tribunal exigirá provas de sua existência[18]. O patrão, no cumprimento do seu dever de proteger o empregado contra danos, deve tomar os cuidados que comumente tomam, em circunstâncias iguais, os homens de prudência normal. Os que fazem o levantamento dos fatos para determinar se esse padrão foi alcançado devem consultar os hábitos de vida, as crenças e práticas cotidianas dos homens e das mulheres à sua volta. São também inúmeros os casos em

---
17. *Lewy vs. Johnson*, 2 Pet. 186.
18. *First Nat. Bank vs. Farson*, 226 N.Y. 218.

que os rumos da conduta a ser seguida são definidos pelos costumes ou, mais exatamente, pelas práticas de um determinado comércio, mercado ou profissão[19]. É constante no Direito o pressuposto de que as evoluções naturais e espontâneas do hábito estabelecem os limites de certo e errado. Uma ligeira ampliação do costume identifica-o com a moralidade consuetudinária, o padrão predominante de conduta correta, os hábitos ou práticas tradicionais da época[20]. Esse é o ponto de contato entre o método da tradição e o método da sociologia. Ambos têm raízes no mesmo solo. Cada método mantém a interação entre conduta e ordem, entre vida e lei. A vida cria os moldes da conduta, que algum dia será estabelecida como lei. A lei preserva os moldes, que adquiriram forma e contorno a partir da vida.

Três das forças diretivas de nosso Direito, a filosofia, a história e o costume, foram vistas agora em ação. Avançamos o bastante para avaliar a complexidade do problema. Vemos que a determinação de ser leal aos precedentes e aos princípios em que se assentam os precedentes não nos leva longe no caminho. Os princípios são feixes complexos de coisas. É muito bom dizer que seremos coerentes, mas coerentes com o quê? Coerentes com as origens da norma, com o curso e a tendência do desenvolvimento?

---

19. *Irwin vs. Williar*, 110 U. S. 499, 513; *Walls vs. Bailey*, 49 N.Y. 464; 2 *Williston on Contracts*, sec. 649.

20. Cf. Gény, *op. cit.*, vol. I, p. 319, sec. 110.

Coerentes com a lógica, a filosofia ou as concepções fundamentais da jurisprudência tal como as revela a análise de nossos próprios sistemas e de sistemas alheios? Todas essas lealdades são possíveis. Todas prevaleceram em algum momento. Como devemos escolher entre elas? Deixando de lado essa questão, de que modo fazemos tal escolha? Alguns conceitos do Direito têm sido, num sentido peculiar, evoluções históricas. Nesses departamentos, a história tenderá a dar direção ao desenvolvimento. Em outros departamentos, certos conceitos amplos e fundamentais, que a teoria comparativa do Direito mostra serem comuns a outros sistemas altamente desenvolvidos, sobressaem entre todos os demais. Nestes, daremos um alcance maior à lógica e à simetria. Há também um vasto campo em que as normas podem ser estabelecidas de um jeito ou de outro, mais ou menos com a mesma conveniência. Aqui, o costume tende a afirmar-se como a força controladora a orientar a escolha de caminhos. Finalmente, quando as necessidades sociais demandam uma decisão em vez de outra, há momentos em que precisamos distorcer a simetria, ignorar a história e sacrificar o costume na busca de outros e maiores fins.

    Da história, da filosofia e do costume, passamos portanto à força que, em nossa época e geração, está se tornando a maior de todas, o poder da justiça social que encontra vazão e expressão no método da sociologia.

    A causa última do Direito é o bem-estar da sociedade. A norma que não atinge seu objetivo não pode justificar permanentemente sua existência. "As considerações éticas não podem mais ser excluídas da administração da justiça, que é a finalidade e o propósito de todas as normas públicas, assim como não podemos excluir o ar vital à nossa volta e continuar vivos."[21] A lógica, a história e o costume têm seu lugar. Ajustaremos o Direito para adaptá-lo a eles quando pudermos, mas apenas dentro de certos limites. A finalidade a que serve o Direito sobrepujará a todos. Uma antiga lenda conta que certa vez Deus orou, e que sua prece foi: "Seja minha vontade que minha justiça seja governada por minha misericórdia." Essa é uma prece que todos precisamos dizer às vezes, quando o demônio do formalismo tenta o intelecto com o fascínio da ordem científica. Não quero dizer, é claro, que os juízes tenham a incumbência de abandonar a seu bel-prazer as normas existentes, em favor de outro conjunto de regras que possam considerar convenientes ou sábias. Digo que, quando são instados a dizer até que ponto é necessário ampliar ou restringir as normas, devem deixar que o bem-estar da sociedade determine o caminho, a direção e a distância disso. Não podemos esquecer, disse *sir* George Jessel numa decisão muitas vezes citada, que há essa política pública suprema de que não devemos interferir levianamente na liberdade de contrato[22]. Nesse campo, portanto, pode haver uma política

---

21. Dillon, "Laws and Jurisprudence of England and America", p. 18, citado por Pound, 27 *Harvard L. R.* 731, 733.

22. *Printing etc. Registering Co. vs. Sampson*, L. H. 19 Eq. 462, 465.

pública suprema que prevaleça sobre a inconveniência temporária ou a adversidade ocasional, sem sacrificar levianamente a certeza, a uniformidade, a ordem e a coerência. Todos esses elementos devem ser considerados. Deve-se dar a eles o peso que o julgamento bem fundado ditar. São os componentes desse bem-estar social que é nossa tarefa descobrir[23]. Em determinado caso, podemos achar que são componentes de valor preponderante. Em outros, podemos achar que seu valor é subordinado. Devemos avaliá-los da melhor maneira possível.

Afirmei que não compete aos juízes fazer e desfazer normas a seu bel-prazer, de acordo com pontos de vista diferentes sobre o que é conveniente ou sábio. Nossos juízes não podem dizer, como Hobbes: "Os príncipes se sucedem uns aos outros, e um juiz passa, outro chega; aliás, o céu e a terra passarão, mas nenhuma partícula da lei da natureza passará, pois ela é a eterna lei de Deus. Portanto, todas as sentenças de juízes que um dia existiram não podem formar, no todo, um Direito contrário à eqüidade natural, nem quaisquer exemplos de juízes anteriores podem justificar uma sentença irracional ou eximir o presente juiz do trabalho de estudar o que é eqüidade na causa que ele deve julgar com base nos princípios de sua própria razão natural."[24] Estão mais próximas da

---

23. Cf. Brütt, *supra*, pp. 161, 163.
24. Hobbes, vol. II, p. 264; citado por W. G. Miller, "The Data of Jurisprudence", p. 399.

verdade, para nós, as palavras de um juiz inglês: "Nosso sistema de *common law* consiste em aplicar a novas combinações de circunstâncias as normas de Direito que deduzimos de princípios legais e precedentes judiciais, e, no interesse de alcançar a uniformidade, a coerência e a certeza, devemos aplicar essas normas, quando não forem claramente irracionais e inconvenientes, a todos os casos que surjam; e não temos a liberdade de rejeitá-las e renunciar a toda analogia com elas nos casos em que ainda não foram judicialmente aplicadas, por acreditarmos que as normas não são tão convenientes e razoáveis quanto nós mesmos poderíamos ter imaginado."[25] Isso não significa que não haja lacunas ainda por preencher nas quais o julgamento se mova sem entraves. O juiz Holmes resumiu isso em um de seus brilhantes epigramas: "Reconheço, sem hesitação, que os juízes devem legislar, e de fato legislam, mas só o fazem de maneira intersticial; estão limitados a movimentos que vão do molar ao molecular. Um juiz da *common law* não poderia dizer: 'Acho que a doutrina da consideração é um absurdo histórico e não a aplicarei no meu tribunal.'"[26] Essa concepção de que a prerrogativa legislativa de um juiz opera entre espaços assemelha-se à teoria das "lacunas do Direito", que é fami-

---

25. *Sir* James Parke, citando lorde Wensleydale, em *Mirehouse vs. Russell*, 1 Cl. & F. 527, 546, citado por Ehrlich, "Grundlegung der Soziologie des Rechts" [1913], p. 234; cf. Pollock, "Jurisprudence", p. 323.
26. *Southern Pacific Co. vs. Jensen*, 244 U. S. 205, 221.

liar aos juristas estrangeiros[27]. "A estrutura geral fornecida pela lei escrita deve ser preenchida, em cada caso, por meio da interpretação, ou seja, observando-se os princípios da lei escrita. Em todos os casos, sem exceção, é tarefa do tribunal prover o que a lei omite, mas sempre por meio de uma função interpretativa."[28] Se a lei escrita é interpretada pelo método da "livre decisão", a diferença de procedimento, em relação ao procedimento seguido pelos juízes da Inglaterra e dos Estados Unidos no desenvolvimento da *common law*, dá-se mais em grau do que em espécie. De fato, num livro recente[29], Ehrlich cita, em tom de aprovação, um escritor inglês que diz[30] que "exceto em alguns casos, nos quais o direito vigente é obscuro, um código não conseguiria limitar o poder discricionário que os juízes ora tivessem. Simplesmente, mudaria a forma das normas que os vinculam". Creio que essa afirmação ultrapassa os limites. As fissuras na *common law* são mais amplas que as fissuras numa lei escrita, pelo menos na modalidade de lei escrita comum na Inglaterra e nos Estados Unidos. Nos países em que as leis escritas se limitam mais freqüentemente à declaração de princípios gerais, sem a tentativa de lidar com detalhes ou particularidades, a legislação tende menos a coibir a liberdade do juiz. É

---

27. 9 *Modern Legal Philosophy Series*, pp. 159-63, 172-5; cf. Ehrlich, "Die juristische Logik", pp. 215, 216; Zitelmann, "Lücken im Recht", p. 23; Brütt, "Die Kunst der Rechtsanwendung", p. 75; Stammler, "Die Lehre von dem richtigen Rechte", p. 271.
28. Kiss, "Equity and Law", 9 *Modern Legal Philosophy Series*, p. 161.
29. "Grundlegung der Soziologie des Rechts" [1913], p. 234.
30. 19 *L. Q. R.* 15.

por isso que nosso Direito geralmente oferece maior liberdade de escolha na interpretação de Constituições do que na das leis escritas comuns. As Constituições tendem a enunciar princípios gerais, que devem ser elaborados e posteriormente aplicados a condições particulares. No entanto, o que nos interessa agora não é o tamanho das lacunas, mas o princípio que determinará como devem ser preenchidas, sejam grandes ou pequenas. O método da sociologia para preencher as lacunas põe sua ênfase no bem-estar social.

Bem-estar social é um termo amplo, que utilizo para abranger muitos conceitos mais ou menos afins. Pode significar o que comumente se chama de política pública, o bem da coletividade. Nesses casos, suas exigências são geralmente as da mera conveniência ou prudência. Pode significar, por outro lado, o ganho social que se obtém mediante a adesão aos padrões de conduta correta, que encontram expressão em costumes, hábitos ou práticas tradicionais* da comunidade. Nesses casos, suas demandas são as da religião, da ética ou do senso social de justiça, quer formuladas em credos ou sistemas, quer imanentes à mente comum. Não é fácil encontrar um termo único para abranger estes e outros objetivos afins, que se mesclam por meio de gradações imperceptíveis. Talvez pudéssemos recorrer a Kohler[31], Brütt[32] e Berolzheimer[33] sobre esse

---

* *Mores*.
31. *Enzyklopadie*, Bd. 1, D. 10; *Philosophy of Law*, 12 *Modern Legal Philosophy Series*, p. 58.
32. *Supra*, pp. 133 ss.
33. "System des Rechts und Wirthschaftsphilosophie", Bd. 3, s. 28.

termo indefinível, mas abrangente, conhecido como *Kultur*, se a história recente não o tivesse desacreditado e ameaçado de opróbrio aqueles que o utilizam. Escolhi em vez disso um termo que, embora não seja preciso o bastante para o filósofo, será pelo menos considerado suficientemente definido e abrangente para adequar-se aos propósitos do juiz.

É verdade que hoje em dia, em todas as áreas do Direito, o valor social de uma norma tornou-se um critério de poder e importância crescentes. Essa verdade é proferida com veemência, aos juristas deste país, nos escritos de Dean Pound. "O avanço mais significativo na moderna ciência do Direito talvez seja a mudança da atitude analítica para a funcional."[34] "A ênfase deslocou-se do conteúdo do preceito e da existência do remédio para o efeito do preceito em ação e a disponibilidade e eficiência do remédio para alcançar os fins para os quais se formulou o preceito."[35] Os juristas estrangeiros pensam da mesma maneira: "A função judicial como um todo", diz Gmelin[36], "foi [...] alterada. A vontade do Estado, expressa na decisão e no julgamento, é chegar a uma determinação justa por meio do senso de justiça subjetivo inerente ao juiz, orientado por uma pondera-

---

34. Pound, "Administrative Application of Legal Standards", *Proceedings American Bar Association*, 1919, pp. 441, 449.
35. *Ibid.*, p. 451; cf. Pound, "Mechanical Jurisprudence", 8 *Columbia L. R.* 603.
36. "Sociological Method", trad. ingl., 9 *Modern Legal Philosophy Series*, p. 131.

ção efetiva dos interesses das partes à luz das opiniões em geral prevalecentes entre a comunidade no que diz respeito a transações como aquelas que estão em questão. Em quaisquer circunstâncias, a determinação deve estar em harmonia com as exigências da boa-fé nas relações comerciais e as necessidades da vida prática, a menos que uma lei escrita positiva o impeça; e, ao se ponderarem interesses conflitantes, deve-se contribuir para que o interesse mais bem fundamentado na razão e mais digno de proteção alcance a vitória."[37] "Por um lado", diz Gény[38], "devemos interrogar a razão e a consciência para descobrir, em nossa natureza mais íntima, o próprio fundamento da justiça; por outro, devemos nos voltar para os fenômenos sociais para averiguar as leis de sua harmonia e os princípios de ordem que eles exigem." E de novo[39]: "Justiça e utilidade geral: eis os dois princípios que orientarão nosso caminho."

Todas as áreas do Direito foram tocadas e elevadas por esse espírito. Em algumas, no entanto, o método da sociologia trabalha em harmonia com o método da filosofia, da evolução ou da tradição. Esses, portanto, são os campos em que a lógica, a coerência e a consistência ainda devem ser buscadas como fins. Em outros, o método da sociologia parece deslocar os que ri-

---

37. Gmelin, *supra*; cf. Ehrlich, "Die juristische Logik", p. 187; Duguit, "Les Transformations du droit depuis le Code Napoléon", trad. ingl., *Continental Legal Hist. Series*, vol. XI, pp. 72, 79.
38. *Op. cit.*, vol. II, p. 92, sec. 159.
39. Vol. II, p. 91.

valizam com ele. Esses são os campos em que as virtudes da consistência devem permanecer dentro dos limites intersticiais por onde se move o poder judicial. Em certo sentido, é verdade que estamos aplicando o método da sociologia quando buscamos a lógica, a coerência e a consistência como valores sociais maiores. No momento, estou mais interessado nos campos em que o método está em antagonismo com os outros do que naqueles em que os diferentes métodos agem em uníssono. Uma divisão exata é naturalmente impossível. Algumas áreas amplas, no entanto, podem ser traçadas em linhas gerais como aquelas em que o método da sociologia tem aplicação frutífera. Permitam-me buscar alguns exemplos de sua atuação. Buscarei por eles primeiro no campo do direito constitucional, em que a primazia do método é, creio eu, inconteste; depois, em certos ramos do direito privado nos quais a política pública, tendo criado normas, deve ser igualmente capaz de alterá-las; e, por último, em outros campos em que o método, embora menos insistente e penetrante, permanece sempre como pano de fundo, emergindo quando os aspectos técnicos, a lógica ou a tradição pareçam estar impondo suas pretensões indevidamente.

  Falo primeiro da Constituição e, em particular, das grandes imunidades com as quais ela cerca o indivíduo. Ninguém será privado de liberdade sem um processo legal justo. Eis aqui um conceito da maior generalidade. No entanto, apresenta-se perante os tribunais *en bloc*. A liberdade não é definida. Seus limites não são mapeados e traçados. Como identificá-los? Será que liberdade significa a mesma coisa para gerações sucessivas? Será que restrições que eram arbitrárias ontem podem ser úteis, racionais e, portanto, legítimas amanhã? Não tenho dúvida de que a resposta a essas perguntas deve ser "sim". Houve momentos de nossa história judicial em que a resposta podia ter sido "não". A liberdade era concebida, a princípio, como algo estático e absoluto. A Declaração de Independência a colocara num altar. O sangue da Revolução a santificara. A filosofia política de Rousseau e Locke e, mais tarde, de Herbert Spencer e da escola de economistas de Manchester a dignificara e racionalizara. O *laissez-faire* não era só uma recomendação de prudência que os governantes fariam bem em prestar atenção. Era um imperativo categórico que os governantes, assim como os juízes, deviam obedecer. A "teoria do século XIX" era "a de concepções jurídicas eternas envolvidas na própria idéia de justiça, contendo potencialmente, para cada caso, uma regra exata a ser alcançada mediante um processo absoluto de dedução lógica"[40]. No entanto, antes mesmo do final do século uma nova filosofia política passou a refletir-se no trabalho dos governantes e, finalmente, nas decisões dos tribunais. A transição recebe uma interessante descrição em "Law and Opinion in England",

---

40. Pound, "Juristic Science and the Law", 31 *Harvard L. R.* 1047, 1048.

de Dicey[41]. "O movimento do liberalismo individualista para o coletivismo assistemático" produzira mudanças na ordem social que acarretaram a necessidade de uma nova formulação dos direitos e deveres fundamentais. Nos Estados Unidos, a necessidade não se fez valer tão prontamente. Os tribunais ainda empregavam termos de uma filosofia que já tinha servido à sua época[42]. Gradualmente, porém, embora não sem freqüentes protestos e intermitentes movimentos de retrocesso, uma nova concepção da importância das limitações constitucionais no domínio da liberdade individual ganhou reconhecimento e preponderância. Num interessante discurso, o juiz Hough localiza o despontar da nova época em 1883, quando se discutia *Hurtado vs. Califórnia*, 110 U. S. 516[43]. Se esse foi o início da nova época, estava ainda obscurecido por névoas e nuvens. Pode ser que esparsos raios de luz tenham anunciado o novo dia, mas não foram suficientes para mostrar o caminho. Mesmo em 1905, a decisão em *Lochner vs. N. Y.*, 198 U. S. 45, ainda falava em termos intocados pela luz do novo espírito. É no voto dissidente do juiz Holmes que os homens situarão, no futuro, o início de uma nova era[44]. Na ocasião, era a voz de uma minoria. Em

---
41. Cf. Duguit, *supra*.
42. Haines, "The Law of Nature in Federal Decisions", 25 *Yale L. J.* 617.
43. Hough, "Due Process of Law Today", 32 *Harvard L. R.* 218, 227.
44. Cf. Hough, p. 232; também Frankfurter, "Const. Opinions of Holmes, J.", 29 *Harvard L. R.* 683, 687; Ehrlich, "Die juristische Logik", pp. 237, 239.

princípio, tornara-se a voz de uma nova prescrição que se inscrevera no Direito. "A Décima Quarta Emenda não transforma em lei a Estática Social do Sr. Herbert Spencer."[45] "Uma Constituição não tem o propósito de encarnar uma teoria econômica particular, seja a do paternalismo e da relação orgânica do cidadão com o Estado, seja a do *laissez-faire*."[46] "A palavra 'liberdade' na Décima Quarta Emenda é pervertida quando se pretende que impeça o resultado natural de uma opinião dominante, a menos que se possa dizer que um homem racional e justo admitiria necessariamente que a lei proposta violasse os princípios fundamentais do modo como foram entendidos pelas tradições de nosso povo e por nosso Direito."[47] Essa é a concepção de liberdade que prevalece hoje em dia[48]. Ainda tem seus críticos[49], mas creio que seu predomínio está assegurado. Não há dúvida de que às vezes haverá diferença de opinião quando se aplicar uma concepção tão delicada a condições variadas[50]. Às vezes, de fato, as próprias condições são expostas de maneira imperfeita e não se dão bem a conhecer. São muitos e insidiosos os meios pelos quais se envenena a opinião já em suas fontes. Os

---

45. 198 U. S. 75.
46. P. 75.
47. P. 76.
48. *Noble vs. State Bank*, 219 U. S. 104; *Tanner vs. Little*, 240 U. S. 369; *Hall vs. Geiger Jones Co.*, 242 U. S. 539; *Green vs. Frazier*, 253 U. S. 233; Frankfurter, *supra*.
49. Burgess, "Reconciliation of Government and Liberty".
50. *Adams vs. Tanner*, 244 U. S. 590.

tribunais muitas vezes foram induzidos em erro ao decidir a validade de uma lei escrita não a partir da incompreensão desta, mas a partir da incompreensão dos fatos. Isso aconteceu em Nova York. Uma lei que proibia o trabalho noturno para mulheres foi declarada arbitrária e sem efeito em 1907[51]. Em 1915, com um maior conhecimento das investigações feitas por assistentes sociais, uma lei semelhante foi considerada razoável e válida[52]. Os tribunais sabem hoje que as leis escritas devem ser vistas não de maneira isolada ou *in vacuo*, como pronunciamentos de princípios abstratos para a orientação de uma comunidade ideal, mas no contexto e no esquema das condições atuais, tal como os revelam os trabalhos de economistas e estudiosos das ciências sociais, em nosso país e no exterior[53]. A mesma concepção fluida e dinâmica que está na base da noção contemporânea de liberdade, tal como assegurada ao indivíduo pela imunidade constitucional, deve também estar na base da noção paralela de igualdade. Nenhum Estado da federação negará a qualquer pessoa dentro de sua jurisdição "a igual proteção das leis"[54]. Vistas de modo estreito, as restrições podem parecer fomentar a desigualdade. As mesmas restrições,

---

51. *People vs. Williams*, 189 N.Y. 131.

52. *People vs. Schweinler Press*, 214 N.Y. 395.

53. *Muller vs. Oregon*, 208 U. S. 412; Pound, "Courts and Legislation", 9 *Modern Legal Philosophy Series*, p. 225; Pound, "Scope and Progress of Sociological Jurisprudence", 25 *Harvard L. R.* 513; cf. Brandeis, J., em *Adams vs. Tanner*, 244 U. S. 590, 600.

54. Constituição dos Estados Unidos, Décima Quarta Emenda.

quando vistas com amplitude, podem ser consideradas "necessárias, a longo prazo, para estabelecer a igualdade de condição entre as partes, na qual começa a liberdade de contrato"[55]. Em "La Renaissance du droit naturel"[56], Charmont expressa com nitidez o mesmo pensamento: "On tend à considerer qu'il n'y a pas de contract respectable si les parties n'ont pas été placées dans les conditions non seulement de liberté, mais d'égalité. Si l'un des contractants est sans abri, sans ressources, condamné à subir les exigences de l'autre, la liberté de fait est supprimée."[57]

O resultado disso tudo é que o conteúdo das imunidades constitucionais não é constante, mas varia de uma época para outra. "As necessidades das sucessivas gerações podem criar hoje restrições imperativas que, aos olhos do passado, eram vãs e caprichosas."[58] "Jamais devemos nos esquecer", diz Marshall vigorosamente, "de que é uma *Constituição* que estamos expondo."[59] As leis escritas se destinam a atender às fugazes exigências do momento. Fazer emendas quando as exigências mudam é fácil. Nes-

---

55. Holmes, J., voto vencido em *Coppage vs. Kansas*, 236 U. S. 1, 27.
56. Montpellier, Coulet et fils, éditeurs, 1910.
57. "Há uma tendência a considerar que nenhum contrato é digno de respeito a menos que as partes estejam em condições não apenas de liberdade, mas de igualdade. Se uma das partes estiver sem defesa ou recursos, obrigada a cumprir as exigências da outra, o resultado será a supressão da verdadeira liberdade." Charmont, *supra*, p. 172; trad. ingl. em 7 *Modern Legal Philosophy Series*, p. 110, sec. 83.
58. *Klein vs. Maravelas*, 219 N.Y. 383, 386.
59. Cf. Frankfurter, *supra*; *McCulloch vs. Maryland*, 4 Wheat. 407.

ses casos, o significado, uma vez interpretado, tende a estereotipar-se de maneira legítima na primeira forma em que se produziu. Uma *Constituição* enuncia ou deveria enunciar não normas para a fugacidade do momento, mas princípios para um futuro em expansão. Na medida em que se desvia desse padrão e mergulha em detalhes e particularidades, perde sua flexibilidade, o alcance da interpretação se contrai, o sentido endurece. Enquanto é fiel à sua função, mantém seu poder de adaptação, sua flexibilidade, sua liberdade de ação. Acho interessante notar que, mesmo na interpretação de leis ordinárias, há juristas no exterior que afirmam que o significado de hoje nem sempre será o de amanhã. "O presidente do Supremo Tribunal francês, sr. Ballot-Beaupré, explicou, alguns anos atrás, que as disposições da legislação napoleônica se haviam adaptado às condições modernas mediante uma interpretação judicial em '*le sens évolutif*'. 'Não perguntamos', diz ele, 'o que o legislador desejava um século atrás, mas o que teria desejado se soubesse quais seriam nossas condições atuais.'"[60] Kohler também: "Conclui-se de tudo isso que a interpretação de uma lei de forma alguma deve permanecer a mesma para sempre. Falar de uma interpretação exclusivamente correta, que seria o verdadeiro sentido da lei do começo ao fim de seus dias, é totalmente errado."[61] Acredito serem raros os

---

60. Munroe Smith, "Jurisprudence", pp. 29, 30; cf. Vander Eycken, *supra*, pp. 383, 384; também Brütt, *supra*, p. 62.

61. Kohler, "Interpretation of Law", trad. ingl. em 9 *Modern Legal Phi-*

exemplos, se é que se pode encontrar algum, em que esse método de interpretação tenha sido aplicado à legislação ordinária no Direito inglês ou norte-americano. Não tenho dúvida de que foi aplicado no passado e, com freqüência cada vez maior, será aplicado no futuro, para determinar o alcance e o significado dos amplos preceitos e das imunidades contidas nas constituições estaduais e federal. Não vejo razão para que não seja aplicado a leis escritas formuladas em linhas igualmente gerais, se é que tal coisa existe. Devemos interpretá-las em *"le sens évolutif"*[62], quer o resultado seja a contração, quer a expansão.

Podem-se encontrar exemplos relevantes em leis e decisões recentes. Durante muito tempo, a Suprema Corte afirmou que a legislatura tinha o poder de controlar e regular uma atividade afetada pelo "uso público"[63]. Atualmente, a mesma Corte afirma que há um poder semelhante nos casos de atividades afetadas pelo "interesse público"[64]. O comércio do seguro contra incêndio foi inserido nessa categoria[65]. Uma decisão recente de um tribunal inferior incluiu na mesma categoria o negócio da venda de carvão nos casos em que a emergência da guerra, ou da desordem que resulta da guerra, acarrete privações e

---

losophy Series, 192; cf. o relatório do prof. Huber sobre o código alemão, citado por Gény, "Technic of Codes", 9 *Modern Legal Philosophy Series*, p. 548; também Gény, "Méthode et Sources en droit privé positif", vol. 1, p. 273.

62. Munroe Smith, *supra*.
63. *Munn vs. Illinois*, 94 U. S. 113.
64. *German Alliance Ins. Co. vs. Kansas*, 233 U. S. 389.
65. *German Alliance Ins. Co. vs. Kansas, supra*.

opressão como conseqüência de concorrência ilimitada[66]. Os defensores das recentes leis sobre habitação em Nova York[67] declaram encontrar em princípios semelhantes a justificação para novas restrições a antigos direitos de propriedade. Não estou emitindo nenhuma opinião sobre a questão de esses atos, em quaisquer de seus aspectos, terem ou não ido longe demais. Não faço mais do que indicar a natureza do problema e o método e espírito de abordagem[68].

A propriedade, assim como a liberdade, embora imune à destruição nos termos da Constituição, não é imune à regulamentação essencial ao bem comum. Como será essa regulamentação cabe a cada geração resolver por si mesma[69]. A geração que nos deu *Munn vs. Illinois*, 94 U. S. 113 (1876), e causas parecidas, fazia valer o direito de regulamentação sempre que o negócio fosse "afetado pelo uso público". Em sua aplicação, a expressão significava pouco mais do que dizer: sempre que a necessidade social for iminente e premente. Essa formulação do princípio pode ter sido adequada para as exigências da época. Hoje há uma crescente tendência, no pensamento político e jurídico, a sondar mais profundamente o princípio e formulá-lo de maneira mais ampla. Os homens dizem

---

66. *American Coal Mining Co. vs. Coal & Food Commission*, U. S. District Court, Indiana, 6 de setembro de 1920.

67. L. 1920, caps. 942 a 953.

68. Desde que estas palestras foram escritas, as leis têm sido mantidas: *People ex rel. Durham Realty Co. vs. La Fetra*, 230 N. Y. 429; *Marcus Brown Holding Co. vs. Feldman*, 256 U. S. 170.

69. *Green vs. Frazier*, 253 U. S. 233.

hoje que a propriedade, a exemplo de qualquer outra instituição social, tem uma função social a cumprir. A legislação que destrói a instituição é uma coisa; outra, bem diferente, é a legislação que a confirma em sua função. Esse é o tema dominante de uma nova e influente escola de publicistas e juristas no continente europeu, na Inglaterra e mesmo aqui, nos Estados Unidos. Entre os franceses, podemos encontrar essa idéia desenvolvida com grande força e poder de sugestão por Duguit, em seu "Transformations générales du droit privé depuis le Code Napoléon"[70]. No entanto, é cedo demais para dizer até que ponto nosso Direito dará lugar a essa nova concepção da função e de suas obrigações. Talvez descubramos, no final, que ela é pouco mais do que *Munn vs. Illinois* na roupagem de uma nova filosofia. Não tento prever em que extensão a adotaremos, nem afirmar, de modo algum, que a adotaremos. É suficiente, para meu presente propósito, o fato de que novas épocas e novos costumes possam demandar novos padrões e novas normas.

Os tribunais, então, são livres para demarcar os limites das imunidades individuais a fim de formular seus julgamentos de acordo com a razão e a justiça. Isso não significa que, ao julgar a validade das leis escritas, sejam livres para impor suas próprias idéias de razão e justiça em lugar daquelas dos homens e das mulheres aos quais servem. Seu critério deve ser ob-

---

70. Trad. ingl., *Continental Legal Hist. Series*, vol. XI, p. 74, sec. 6 ss; para uma visão mais radical, ver R. H. Tawney, "The Acquisitive Society".

jetivo. Nessas questões, o que conta não é aquilo que acredito ser certo. É aquilo que posso razoavelmente acreditar que algum outro homem, de intelecto e consciência normais, poderia razoavelmente considerar como certo. "Embora os tribunais devam exercer seu próprio julgamento, de forma alguma é verdade que é nula qualquer lei que possa parecer, aos olhos dos juízes, excessiva, inadequada a seu propósito aparente ou baseada em concepções de moralidade das quais eles discordam. Deve-se permitir considerável amplitude às divergências de opinião, assim como às possíveis condições peculiares que esse tribunal só possa conhecer imperfeitamente, se é que chega a conhecê-las. Do contrário, uma Constituição, em vez de encarnar apenas normas de Direito relativamente fundamentais, tal como as entendem, de maneira geral, todas as comunidades de língua inglesa, tornar-se-ia partidária de um conjunto particular de opiniões éticas ou econômicas que, de modo algum, são consideradas como *semper ubique et ab omnibus*."[71] Aqui, como muitas vezes também acontece no Direito, "a norma de conduta é externa e não leva em conta a equação pessoal do homem em questão"[72]. "Acima de tudo", diz Brütt[73], "o intérprete deve deixar de lado sua avaliação dos valores políticos e legislativos e empenhar-se em verificar,

---

71. *Otis vs. Parker*, 187 U. S. 608.
72. *The Germanic*, 196 U. S. 589, 596.
73. "Die Kunst der Rechtsanwendung", p. 57.

com um espírito puramente objetivo, que ordenação da vida social da comunidade está mais de acordo com a finalidade da lei em questão, nas circunstâncias que a ele se apresentam." Certos campos do Direito têm, de fato, uma esfera de ação mais livre para a visão subjetiva. Mais adiante teremos algo mais a dizer sobre eles. O elemento pessoal, qualquer que seja seu alcance em outras esferas, deveria ter pouca influência, se é que alguma, na determinação dos limites do Poder Legislativo. Um poder do Estado não pode impor a outro seus próprios padrões de correção moral ou social. "É preciso lembrar que as legislaturas são os guardiões supremos das liberdades e do bem-estar do povo, em tão alto grau quanto os tribunais."[74]

Alguns críticos do nosso direito público insistem em que o poder dos tribunais de fixar os limites da invasão permissível à liberdade do indivíduo deveria ser retirado[75]. Significa, dizem eles, excessivamente muito ou excessivamente pouco. Se é exercido livremente, se se torna uma desculpa para impor as crenças e filosofias individuais dos juízes a outros poderes do Estado; se estereotipa a legislação dentro das formas e dos limites que eram convenientes no século XIX, ou talvez no XVIII, atravanca o progresso e semeia descrença e suspeita em relação aos tribu-

---

74. *Missouri, K. & T. Co. vs. May,* 194 U. S. 267, 270; *People vs. Crane,* 214 N.Y. 154, 173.

75. Cf. Collins, "The 14th Amendment and the States", pp. 158, 166.

nais. Se, por outro lado, é interpretado no sentido amplo e variável que acredito ser o verdadeiro, se as leis aprovadas devem ser confirmadas a menos que, de tão arbitrárias e opressivas, homens e mulheres honrados não possam considerá-las de outra forma, o direito de supervisão não vale o risco de abuso. "Não há dúvida de que chega um momento em que uma lei é tão claramente opressiva e absurda que não pode encontrar justificação em nenhuma comunidade política sensata."[76] Esses momentos podem de fato ocorrer, embora sejam raros. Devem ser poucas as ocasiões em que as legislaturas promulgam uma lei que merecerá condenação após a aplicação de um teste tão liberal; e se a negligência, a pressa ou a paixão momentânea podem, em raras ocasiões, engendrar tais leis que causam opressão a indivíduos ou classes podemos confiar nas legislaturas seguintes para desfazer o erro. Esse é o argumento dos que criticam o atual sistema. Pessoalmente, acredito que se atribui pouca ênfase ao valor dos "imponderáveis". A utilidade de um poder externo que restringe o julgamento legislativo não deve ser medida pelo cálculo das ocasiões de seu exercício. Os grandes ideais de liberdade e igualdade são preservados contra as investidas do oportunismo, da conveniência do momento que passa, da erosão das pequenas violações, do desprezo e do escárnio daqueles que não

---

76. Learned Hand, "Due Process of Law and the Eight Hour Day", 21 *Harvard L. R.* 495, 508.

têm paciência com princípios gerais, consagrando-os em Constituições e reservando-se a tarefa de protegê-los a um corpo de defensores. Por influência consciente ou subconsciente, a presença desse poder restritivo – que embora se mantenha à parte, em segundo plano, está sempre de reserva – tende a estabilizar e racionalizar o julgamento legislativo, a infundir-lhe o brilho do princípio, a sustentar a norma em lugar alto e visível para aqueles que devem participar da corrida e manter a fé[77]. Não pretendo negar que houve épocas em que a possibilidade de controle jurisdicional da constitucionalidade* funcionou de outra maneira. As legislaturas às vezes desconsideraram sua própria responsabilidade e a transferiram aos tribunais. Esses riscos devem ser comparados com os riscos da independência de toda restrição, a independência das autoridades públicas eleitas para breves mandatos, sem a força condutora de uma tradição contínua. No conjunto, creio que os últimos riscos são os mais temíveis. As grandes máximas, se puderem ser violadas com impunidade, serão muitas vezes louvadas da boca para fora, o que se transforma facilmente em irreverência. O poder restritivo do judiciário não revela seu mérito principal nos poucos casos em que a legislatura extrapolou as linhas que demarcam os limites de sua autoridade. Em vez disso, encontraremos seu mérito principal ao verbalizar e

---

77. Cf. Laski, "Authority in the Modern State", pp. 62-3.
* Judicial review.

fazer ouvir os ideais que, do contrário, poderiam ser silenciados, ao dar-lhes continuidade de vida e de expressão, ao guiar e direcionar a escolha dentro dos limites os quais a escolha pode ocorrer. Essa função deve reservar aos tribunais o poder que hoje lhes pertence, desde que este seja exercido com consciência dos valores sociais e com flexibilidade para adaptar-se às mudanças nas necessidades sociais.

Passo a outro campo no qual se pode considerar assegurado o predomínio do método da sociologia. Existem algumas regras do direito privado que foram forjadas, em sua criação, pelas políticas públicas, e isso não apenas de maneira silenciosa ou em conjunção com outras forças, mas de forma expressa e quase (se não totalmente) exclusiva. Essas regras e as políticas públicas, conforme o determinam as novas condições, têm competência para mudar. Tomo como exemplo as recentes decisões que liberalizaram a regra da *common law* que condena os contratos que estabelecem reservas de mercado*. Os tribunais se permitiram, aqui, uma liberdade de ação que, em muitos ramos do Direito, talvez hesitassem em admitir. Lorde Watson abordou a questão sem rodeios em *Nordenfeldt vs. Maxim*, Nordenfeldt Guns & Ammunition Co. L. R. 1894 App. Cas. 535, 553: "Há uma

---

* "Restraint of trade contract", são contratos que estabelecem, por exemplo, que uma pessoa que vendeu um negócio não vai abrir um negócio similar em um determinado local e por um determinado período de tempo. Na *common law*, contratos desse tipo só eram legais em casos excepcionais. (N. do R. T.)

série de decisões baseadas em considerações de política pública que, por mais eminentes que sejam os juízes que as proferiram, não podem ter a mesma autoridade, como fonte de Direito, que as decisões que discutem e formulam princípios de natureza puramente jurídica. A política adotada por qualquer país com respeito ao seu comércio e à promoção de seus interesses comerciais deve, à medida que o tempo avança e seu comércio floresce, passar por mudanças e desenvolvimentos decorrentes de várias causas que independem totalmente da ação de seus tribunais. Na Inglaterra, pelo menos, está além da jurisdição dos tribunais moldar e padronizar a política nacional. Diante de um caso como este sua função consiste, em minha opinião, não necessariamente em aceitar o que se determinou como norma de política pública há cem ou cento e cinqüenta anos, mas em averiguar, com a maior exatidão que as circunstâncias permitam, qual é a norma de política para o momento presente. Uma vez identificada essa norma, é dever dos tribunais recusar-se a fazer valer um contrato privado que viole a norma e que, se for judicialmente executado, se mostre prejudicial à comunidade." Uma idéia semelhante encontra expressão nos pareceres de nossos próprios tribunais. "Normas arbitrárias que originalmente eram bem embasadas, passaram assim a render-se às novas condições, e os princípios subjacentes são aplicados aos métodos atuais da atividade comercial. Na maior parte dos tribunais norte-americanos, as tendências seguem na mesma direção."[78] Creio que podemos traçar um desenvolvimento semelhante na atitude dos tribunais diante das atividades dos sindicatos de trabalhadores. A suspeita, e mesmo a hostilidade de uma geração anterior, refletiam-se em decisões judiciais que, graças a uma nova concepção dos valores sociais, tiveram de ser reformuladas[79]. Alguns remanescentes do antigo ponto de vista sobrevivem, mas são apenas remanescentes. O campo é aquele em que o Direito ainda está sendo criado ou talvez, melhor dizendo, recriado. Não podemos duvidar de que em sua nova forma estarão inscritos valores e necessidades sociais que ainda hoje se apresentam ao reconhecimento e ao poder.

---

78. Knowlton, J., em *Anchor Electric Co. vs. Hawkes*, 171 Mass. 101, 104.
79. Cf. Laski, "Authority in the Modern State", p. 39.

Palestra III.
O método da sociologia. O juiz como legislador

Escolhi esses ramos do Direito apenas porque são ilustrações evidentes da aplicação, pelos tribunais, do método da sociologia. Mas a verdade é que não há nenhum ramo em que o método não seja frutífero. Mesmo quando não parece dominar, sempre se mantém na retaguarda. É o árbitro entre outros métodos, determinando, em última análise, a escolha de cada um, ponderando suas pretensões antagônicas, estabelecendo limites a suas pretensões, equilibrando, moderando e harmonizando todos eles. Poucas normas hoje em dia são tão bem estabelecidas que não se possa exigir, algum dia, que justifiquem sua existência como meios adaptados a um fim. Se não funcionam, estão enfermas. Se estão enfermas, não devem propagar sua espécie. Às vezes são cortadas e extirpadas por completo. Às vezes, conservam um vestígio de vida, mas aí já estão esterilizadas, truncadas, impotentes para causar qualquer dano.

Nas causas que envolvem o Direito de um beneficiário ressarcir-se de um contrato, encontramos uma ilustração notável da força da consistência lógica, de seu subseqüente e gradual colapso perante as demandas da conveniência prática em casos isolados ou excepcionais e, finalmente, da força gerativa das exceções como nova linhagem. A Inglaterra manteve-se logicamente coerente e rejeitou por inteiro o direito de recorrer. Nova York e a maioria dos estados renderam-se às exigências da conveniência e puseram em vigor o direito de litigar, embora, a princípio, apenas de maneira excepcional e sujeita a muitas restrições. Aos poucos, as exceções ampliaram-se e hoje conservam pouca coisa da norma[1]. Ela sobrevive principalmente nos casos em que a intenção seria frustrada, ou a conveniência prejudicada, se o direito de litigar fosse estendido a outros além das partes contratantes[2]. As normas que, por um processo de dedução lógica, derivaram de concepções preestabelecidas de contrato e de obrigação entraram em colapso antes da lenta, constante e corrosiva ação da utilidade e da justiça[3].

Vemos o mesmo processo em ação em outros campos. Já não interpretamos os contratos com adesão meticulosa à letra quando há conflito com o espírito. Quando os consideramos "imbuídos de uma obrigação" expressa de maneira imprecisa, lemos por implicação as cláusulas que contêm. "O Direito ul-

---

1. *Seaver vs. Ransom*, 224 N.Y. 233.
2. *Fosmire vs. National Surety Co.*, 229 N.Y. 44.
3. Cf. Duguit, *op. cit.*, *Continental Legal Hist. Series*, vol. XI, p. 120, sec. 36.

trapassou o estágio primitivo do formalismo em que o termo exato era o talismã soberano e cada deslize era fatal."[4] É no campo do processo, talvez, que testemunhamos as principais mudanças – embora mudanças maiores ainda estejam por vir. Indiciações e pleitos civis são vistos com olhos indulgentes. É cada vez mais freqüente a noção de que as normas que dizem respeito a questões de evidências caem dentro da autoridade do juiz que preside o julgamento. Os erros não constituem mais razão para atrapalhar os processos com o horror ulterior de novos julgamentos, a menos que o tribunal de apelação esteja convencido de que afetaram o resultado. Recorrer à legislação tem sido às vezes necessário para nos libertar dos velhos grilhões. Às vezes, o conservadorismo dos juízes ameaçou, por algum tempo, privar a legislação de sua eficácia[5]. Esse perigo se revelou na atitude dos tribunais perante as reformas incorporadas aos códigos de conduta em processos judiciais, na época em que foram promulgados pela primeira vez[6]. Os precedentes estabelecidos naqueles tempos exercem ainda hoje uma triste influência. Não obstante, a tendência atual inclina-se a um crescente liberalismo. O novo espírito abriu caminho aos poucos; e seu avanço, que passo a passo não se percebia, é visível em retrospecto quando olhamos para trás e constatamos a

---

4. *Wood vs. Duff Gordon*, 222 N.Y. 88.
5. *Kelso vs. Ellis*, 224 N.Y. 528, 536, 537; *California Packing Co. vs. Kelly S. & D. Co.*, 228 N.Y. 49.
6. Pound, "Common Law and Legislation", 21 *Harvard L. R.* 383, 387.

distância percorrida. As antigas formas permanecem, mas estão repletas de conteúdo novo. Estamos nos afastando do que Ehrlich denomina "die spielerische und die mathematische Entscheidung"[7], a concepção de que a ação judicial ou é um problema matemático ou um jogo para esportistas. Nosso próprio Wigmore muito fez para que essa concepção se tornasse obsoleta[8]. Estamos pensando na finalidade do Direito e adequando suas regras aos deveres do ofício.

Essa concepção de que a finalidade do Direito determina a direção de seu crescimento, que foi a grande contribuição de Jhering à teoria do Direito[9], encontra seu órganon, seu instrumento, no método da sociologia. Não a origem, mas a meta, é o principal elemento. Não podemos escolher um caminho com sabedoria se não sabemos aonde ele levará. O juiz deve ter sempre em mente a concepção teleológica de sua função. Isso significa, é claro, que a filosofia jurídica da *common law* é, no fundo, a filosofia do pragmatismo[10]. Sua verdade é relativa, não absoluta. A norma que funciona bem gera um direito próprio ao reconhecimento. Só que, ao determinar como ela funciona, não devemos vê-la de modo demasiado estreito. Não devemos sacrificar o geral ao particular.

---

7. Ehrlich, "Die juristische Logik", p. 295; cf. pp. 294, 296.
8. Ver seu *Treatise on Evidence, passim*.
9. Jhering, "Zweck im Recht", 5 *Modern Legal Philosophy Series*; também Gény, *op. cit.*, vol. I, p. 8; Pound, "Scope and Purpose of Sociological Jurisprudence", 25 *Harvard L. R.* 140, 141, 145; Pound, "Mechanical Jurisprudence", 8 *Columbia L. R.* 603, 610.
10. Pound, "Mechanical Jurisprudence", 8 *Columbia L. R.* 603, 609.

Não devemos lançar ao vento as vantagens da consistência e da uniformidade para fazer justiça no caso em questão[11]. Devemos nos manter dentro dos limites intersticiais que o precedente, o costume e a longa, silenciosa e quase indefinível prática de outros juízes, ao longo de séculos de *common law*, estipularam para as inovações feitas por juízes. Porém, dentro dos limites assim estabelecidos, na esfera de ação em que se move a escolha, o princípio final de seleção para os juízes, assim como para os legisladores, é o da adequação a um fim. "Le but est la vie interne, l'âme cachée, mais génératrice, de tous les droits."[12] Nossas normas de Direito não são colhidas das árvores, como flores desabrochadas. Todo juiz, ao consultar sua própria experiência, deve estar consciente dos tempos em que o livre exercício da vontade, dirigido com resoluto propósito para a promoção do bem comum, determinava a forma e a tendência de uma norma que, naquele momento, teve origem num ato criativo. A concepção de Savigny de que o Direito é algo realizado sem esforço, meta ou propósito, um processo de crescimento silencioso, a realização, na vida e nos costumes, do gênio e da história de um povo, contém uma imagem incompleta e parcial. É verdadeira se lhe atribuímos o significado de que o

---

11. Cf. Brütt, *supra*, pp. 161, 163.
12. Saleilles, "De la Personnalité Juridique", p. 497.
"Avec Jhering nous resterons des réalistes, mais avec lui aussi nous serons des idéalistes, attachés à l'idée de but et de finalité sociale." – Saleilles, p. 516.

juiz, ao formular as normas do Direito, deve prestar atenção aos *costumes* de sua época. É unilateral e falsa, portanto, na medida em que sugere que os costumes da época criam automaticamente regras que, desenvolvidas em sua plenitude e prontas para usar, são entregues ao juiz[13]. As normas jurídicas são confundidas com princípios jurídicos – *Entscheidungsnormen* com *Rechtssätze*[14]. O Direito é, na verdade, um desenvolvimento histórico, pois é uma expressão da moralidade costumeira que se desenvolve, de maneira silenciosa e inconsciente, de uma era para outra. Essa é a grande verdade na teoria de Savigny sobre a origem do Direito. Mas o Direito é também uma evolução consciente ou intencionada, pois a expressão da moralidade costumeira será falsa se a mente do juiz não estiver voltada para a realização da finalidade moral e de sua materialização em formas jurídicas[15]. Nada menos que um esforço consciente será suficiente para que o fim em vista prevaleça. Os critérios ou padrões de utilidade e moral serão encontrados pelo juiz na vida da comunidade. Serão encontrados da mesma maneira pelo legislador. Isso não significa, porém, que o trabalho de um, mais que o do outro, seja uma réplica das formas da natureza.

---

13. Cf. Ehrlich, "Grundlegung der Soziologie des Rechts", pp. 366, 368; Pound, "Courts and Legislation", 9 *Modern Legal Philosophy Series*, p. 212; Gray, "Nature and Sources of Law", secs. 628, 650; Vinogradoff, "Outlines of Historical Jurisprudence", p. 135.

14. Ehrlich, *supra*.

15. Cf. Gény, *op. cit.*, vol. I, p. 263, sec. 92.

Há muita discussão entre os juristas estrangeiros para determinar se as normas da conduta correta e útil e os padrões de bem-estar social devem ser encontrados pelo juiz em conformidade com um critério objetivo ou subjetivo. Escolas de pensamento antagônicas têm se digladiado para sustentar cada uma sua concepção[16]. Às vezes, a controvérsia parece girar em torno do emprego das palavras e pouco mais que isso. Na medida em que a distinção tem importância prática, as tradições de nossa teoria do Direito nos remetem ao critério objetivo. Não quero dizer, é claro, que esse ideal de visão objetiva é sempre alcançado com perfeição. Não podemos transcender as limitações do ego e ver as coisas como elas realmente são. Não obstante, dentro dos limites de nossa capacidade, devemos nos empenhar na concretização desse ideal. Essa verdade, quando percebida com clareza, tende a unificar a função do juiz. Seu dever de declarar o Direito em conformidade com a razão e a justiça é visto como uma etapa de seu dever de declará-lo em conformidade com o costume. É a moralidade costumeira de homens e mulheres sensatos que ele deve fazer vigorar com seu decreto. Uma ciência do Direito que não se mantenha em constante correspondência com os critérios externos ou objetivos corre o risco de degenerar-se naquilo que os alemães chamam de "Die Gefühlsjurisprudenz",

---

16. Para um resumo claro e interessante, ver Brütt, *supra*, pp. 101 ss.; cf. Gény, *op. cit.*, vol. I, p. 221; e comparar com Flavius, *op. cit.*, p. 87.

uma ciência jurídica baseada no mero sentimento ou sensação[17]. Um julgamento imparcial, diz Stammler, "deve ser um julgamento do Direito objetivo, não uma opinião livre e subjetiva; um veredicto, não apenas uma decisão pessoal. É ruim a situação em que se deve dizer, de uma decisão judicial, o mesmo tipo de coisa que se diz na peça 'Os dois cavalheiros de Verona' (Ato I, cena II):

> Minhas razões são femininas apenas;
> Penso que ele é o melhor, porque assim penso."[18]*

Estudiosos ilustres têm defendido um critério mais subjetivo. "Todos concordamos", diz o professor Gray[19], "que muitas causas deveriam ser decididas pelos tribunais de acordo com as noções de certo e errado e, é claro, todos concordarão que o juiz provavelmente compartilha as noções de certo e errado predominantes na comunidade em que vive; mas suponhamos que, numa causa em que não há nada a orientá-lo a não ser noções de certo e errado, suas noções de certo e errado difiram das noções da comunidade. Quais ele deve seguir – suas próprias noções ou as da comunidade? A teoria de Carter ["Origin and Sources of Law", J. C. Carter] obriga-o a dizer que o juiz deve seguir as noções da comunidade.

---

17. Brütt, *supra*, pp. 101-1.
18. Stammler, "Richtiges Recht", s. 162, citado por Brütt, *supra*.
   * "I have no other but a woman's reason;
   I think him so, because I think him so."
19. "Nature and Sources of Law", sec. 610.

Acredito que ele deve seguir suas próprias noções."
É improvável que a hipótese que o professor Gray
nos oferece se concretize na prática. Na verdade,
deve ser raro o caso em que, havendo noções conflitantes de conduta correta, não haja mais nada que
faça pender a balança. Contudo, se o caso suposto se
desse aqui, acho que o juiz erraria se impusesse à comunidade, como regra de vida, suas próprias idiossincrasias de conduta ou crença. Suponhamos, a título de ilustração, que um juiz considerasse pecado ir
ao teatro. Estaria ele agindo certo se, num campo em
que o princípio geral de Direito ainda não estivesse
estabelecido, permitisse que essa convicção dirigisse
sua decisão, mesmo sabendo que ela estava em conflito com o padrão dominante de conduta correta?
Em meu ponto de vista, ele teria o dever de se conformar aos padrões aceitos da comunidade, aos costumes da época. Isso não significa, no entanto, que
um juiz seja impotente para elevar o nível de conduta predominante. Num ou noutro campo de atividade, práticas que se opõem aos sentimentos e padrões
da época podem aumentar, ameaçando arraigar-se
se não forem removidas. Apesar de seu domínio
temporário, não resistem ao confronto com as normas morais aceitas. A indolência ou a passividade
tendem a tolerar aquilo que o juízo ponderado da
comunidade condena. Em tais casos, uma das funções mais elevadas do juiz é estabelecer a verdadeira
relação entre conduta e profissão. Há momentos, inclusive, para falar em termos um tanto paradoxais,

em que nada menos que uma medida subjetiva poderá satisfazer critérios objetivos. Algumas relações na vida impõem a obrigação de agir de acordo com a moralidade costumeira, e mais nada. A moralidade costumeira deve ser então o critério para o juiz. *Caveat emptor** é uma máxima que com freqüência se deverá seguir mesmo quando a moralidade que ela expressa não for a moralidade das almas sensíveis. Outras relações na vida, como, por exemplo, a do fiduciário com o beneficiário, ou do comitente com o fiador, impõem a obrigação de agir de acordo com os mais altos critérios que um homem da mais apurada consciência e do mais exigente senso de honra imporia a si mesmo. Nesses casos, fazer valer a adesão a esses critérios torna-se dever do juiz. Se as situações novas vão incorporar-se a um ou outro tipo de relação, isto deve ser determinado, à medida que surgirem, por considerações de analogia, conveniência, adequação e justiça.

Como disse, a verdade é que a distinção entre a consciência subjetiva ou individual e a objetiva ou geral, no campo em que o juiz não é limitado por normas estabelecidas, é vaga e evanescente, e tende a se tornar pouco mais que uma distinção de palavras. Para o casuísta e o filósofo, ela tem seu interesse espe-

---

* *Caveat emptor* designa a norma da *common law* segundo a qual em geral cabe ao comprador se certificar da qualidade daquilo que está comprando, quer se trate de um bem móvel ou de um título de propriedade. (N. do R. T.)

culativo. Na administração prática da justiça, raramente será decisiva para o juiz. Esse fato é reconhecido por Brütt, um dos mais obstinados defensores da teoria do direito objetivo[20]. A percepção do direito objetivo adquire o matiz da mente subjetiva. As conclusões da mente subjetiva adquirem a tonalidade das práticas costumeiras e das crenças objetivadas. Há uma constante e sutil interação entre o que está fora e o que está dentro. Podemos concordar, de um lado, com Tarde e sua escola, que todas as inovações sociais provêm "de invenções individuais difundidas por imitação"[21], ou, de outro, com Durkheim e sua escola, que todas essas inovações nos chegam "pela ação da consciência coletiva"[22]. Nas duas concepções, quer o impulso parta do indivíduo, quer da sociedade, de dentro ou de fora, nem os ingredientes nem a massa podem trabalhar de maneira independente entre si. As consciências individual e coletiva estão inseparavelmente unidas. A diferença, quando prevalece uma ou outra teoria do dever judicial, envolve no máximo uma pequena mudança de ênfase, de método de abordagem, de ponto de vista, do ângulo em que se examinam os problemas. A diferença só irá refletir-se nas decisões dos tribunais de modo vago e por força de uma influência subconsciente, ou quase isso.

---

20. *Supra*, p. 139.
21. Barnes, "Durkheim's Political Theory", 35 *Pol. Science Quarterly*, p. 239.
22. *Ibid.*; cf. Barker, "Political Thought from Spencer to Today", pp. 151, 153, 175.

Minha análise do processo judicial chega então a isto e pouco mais: a lógica, a história, o costume, a utilidade e os padrões aceitos de conduta correta são as forças que, isoladamente ou combinadas, configuram o progresso do Direito. Qual dessas forças dominará em cada caso vai depender, em grande parte, da importância ou do valor comparativo dos interesses sociais que assim serão promovidos ou prejudicados[23]. Um dos interesses sociais mais fundamentais é que a lei deve ser uniforme e imparcial. Não deve haver nada em sua ação que cheire a preconceito, favor ou mesmo capricho ou extravagância arbitrários. Em termos gerais, portanto, haverá adesão ao precedente. Haverá desenvolvimento simétrico, de maneira coerente com a história ou o costume quando a história ou o costume tiver sido a força motriz (ou principal) na formação das normas existentes, e com a lógica ou a filosofia quando delas se originar a força motriz. Mas o desenvolvimento simétrico pode custar caro demais. A uniformidade deixa de ser um bem quando se torna uma uniformidade de opressão. O interesse social atendido pela simetria ou pela certeza deve então ser comparado com o interesse social atendido pela eqüidade e pela justiça, ou por outros elementos do bem-estar social. Estes podem impor ao juiz o dever de traçar o limite em outro ângulo, de balizar o caminho ao longo de novas rotas,

---

23. Vander Eycken, "Méthode Positive de l'Interprétation juridique", p. 59; Ehrlich, "Die juristische Logik", p. 187.

de determinar um novo ponto de partida do qual os que virão depois dele iniciarão suas jornadas.

Se perguntarem como ele pode saber quando um interesse prepondera sobre outro, só posso responder que ele deve obter seu conhecimento da mesma maneira que o legislador o obtém da experiência, do estudo e da reflexão; em resumo, da própria vida. É nesse ponto, na verdade, que o seu trabalho se encontra com o do legislador. A escolha dos métodos e a avaliação dos valores devem pautar-se, no final, por considerações semelhantes para ambos. Com efeito, cada qual está legislando dentro dos limites de sua competência. Não há dúvida de que os limites para o juiz são mais estreitos. Ele legisla apenas entre as lacunas. Ele preenche as brechas da lei. Não se pode demarcar num mapa o quanto ele pode avançar sem ultrapassar os limites dos interstícios. Ele deve descobrir isso por si mesmo, à medida que adquire o senso de adequação e proporção que vem com os anos de hábito na prática de uma arte. Mesmo dentro das lacunas, juízes e juristas percebem a existência de restrições difíceis de definir e que, por mais impalpáveis que sejam, cerceiam e circunscrevem sua ação. São estabelecidas pelas tradições seculares, pelo exemplo de outros juízes, por seus predecessores e colegas, pelo juízo coletivo da profissão e pelo dever de aderir ao espírito que permeia a lei. "Il ne peut intervenir", diz Charmont[24], "que pour

---

24. "La Renaissance du droit naturel", p. 181.

suppléer les sources formelles, mais il n'a pas, dans cette mesure même, toute latitude pour créer des règles de droit. Il ne peut ni faire échec aux principes généraux de notre organisation juridique, explicitement ou implicitement consacrés, ni formuler une réglementation de détail pour l'exercice de certains droits, en établissant des délais, des formalités, des règles de publicité."[25] Não obstante, dentro dos limites dessas brechas e dos limites do precedente e da tradição, a escolha se move com uma liberdade que define sua ação como criativa. O Direito que daí resulta é descoberto, não criado. O processo, sendo legislativo, exige a sabedoria do legislador.

---

25. "Ele só pode intervir para suplementar as fontes formais de Direito, e mesmo nesse campo há limites ao seu poder discricionário de estabelecer princípios gerais de Direito. Ele não pode nem restringir o escopo dos princípios gerais de nossa organização jurídica, explícita ou implicitamente sancionados, nem formular regulamentações detalhadas para o exercício de certos direitos introduzindo prorrogações, formalidades ou regras de publicidade." – Charmont, *supra*, trad. ingl. em 7 *Modern Legal Philosophy Series*, p. 120, sec. 91. Cf. Ihering, "Law as a Means to an End" (5 *Modern Legal Philosophy Series*: Introdução de W. M. Geldart, p. xlvi): "Os propósitos do Direito estão encarnados nas concepções jurídicas, que devem desenvolver-se com independência e não podem ser chamadas, a cada passo, a ajustar-se a necessidades particulares. Do contrário, o sistema e a certeza seriam inatingíveis. Mas essa autonomia do Direito, se fosse apenas por causa do excesso ou das deficiências da lógica, leva a uma divergência entre o Direito e as necessidades da vida que, de tempos em tempos, pede correção. [...] Até que ponto as mudanças necessárias podem ou devem ser levadas a cabo por decisões judiciais ou pelo desenvolvimento da teoria jurídica, e até que ponto a intervenção do legislador será solicitada, são questões que vão variar de um território jurídico para outro, de acordo com as tradições aceitas quanto à força vinculatória dos precedentes, o caráter do Direito promulgado e a maior ou menor liberdade de interpretação judicial."

Não há, na verdade, nada de revolucionário ou novo nessa visão da função judicial[26]. É o modo como os tribunais vêm se ocupando há séculos de suas atividades no desenvolvimento da *common law*. A diferença, de uma época para outra, não se encontra tanto no reconhecimento da necessidade de que o Direito deve se adequar a uma finalidade. Encontra-se sobretudo na natureza da finalidade à qual se fez necessária a adequação. Houve períodos em que a uniformidade, até mesmo a rigidez e a eliminação do elemento pessoal eram tidas como necessidades prioritárias[27]. Numa espécie de paradoxo, cumpria-se melhor a finalidade quando esta era menosprezada e se pensava apenas nos meios. Aos poucos, firmou-se a necessidade de um sistema mais flexível. Muitas vezes, o hiato entre a velha e a nova norma era transposto pela fraude piedosa de uma ficção[28]. O que nos interessa aqui é que esse hiato era transposto sempre que predominava a importância da finalidade. Hoje em dia, o uso de ficções declinou; e as causas da ação, que antes estavam encobertas, ficam agora expostas.

---

26. Cf. Berolzheimer, 9 *Modern Legal Philosophy Series*, pp. 167, 168.

27. Flavius, *supra*, p. 49; 2 Pollock and Maitland, "History of English Law", p. 561.

28. Smith, "Surviving Fictions", 27 *Yale L. J.*, 147, 317; Ehrlich, *supra*, pp. 227, 228; Saleilles, "De la Personnalité Juridique", p. 382.

"Lorsque la loi sanctionne certains rapports juridiques, à l'exclusion de tels autres qui en diffèrent, il arrive, pour tels ou tels rapports de droit plus ou moins similaires auxquels on sent le besoin d'étendre la protection légale, que l'on est tenté de procéder, soit par analogie, soit par fiction. La fiction est une analogie un peu amplifiée, ou plutôt non dissimulée." – Saleilles, *supra*.

Mesmo hoje, porém, não são totalmente conhecidas, até mesmo por aqueles a quem controlam. Grande parte do processo tem sido inconsciente, ou quase. Os fins para os quais os tribunais se voltaram, as razões e os motivos que os guiaram muitas vezes foram sentidos de forma vaga, apreendidos de maneira intuitiva ou quase intuitiva, e raras vezes declarados explicitamente. Houve pouca introspecção deliberada, pouca dissecação, pouca análise, pouco filosofar. O resultado foi um amálgama cujos ingredientes eram desconhecidos ou estavam esquecidos. É por isso que causa certa surpresa a descoberta de que a política legislativa fez do composto o que ele é. "Não nos apercebemos", diz Holmes[29], "do grau considerável em que nosso Direito está aberto à reconsideração diante da menor mudança nos hábitos da mentalidade pública. Nenhuma proposição é evidente por si só, não importa quanto estejamos prontos a aceitá-la, nem mesmo a de Herbert Spencer segundo a qual todo homem tem direito de fazer o que deseja, desde que não interfira num direito igual de seu semelhante." Holmes prossegue: "Por que se concede imunidade* a uma declaração falsa e injuriosa, se for feita sinceramente por alguém que dá informações sobre um empregado? É porque se considera

---

29. "The Path of the Law", 10 *Harvard L. R.* 466.

* Uma declaração (ou testemunho) é *privileged* quando se concede àquele que a faz imunidade contra ações por calúnia ou difamação que dela poderiam resultar. (N. do R. T.)

mais importante que se prestem livremente informações do que proteger um homem de algo que, em outras circunstâncias, poderia ser motivo para uma ação de reparação de danos. Por que um homem é livre para montar um negócio que ele sabe que arruinará seu vizinho? Porque se supõe que a livre concorrência atende melhor ao bem público. É óbvio que tais juízos de importância relativa podem variar em diferentes épocas e lugares. [...] Creio que os próprios juízes não conseguiram reconhecer adequadamente seu dever de ponderar as considerações de benefício social. O dever é inevitável, e o resultado da tão proclamada aversão judicial a lidar com essas considerações é simplesmente deixar inarticulados, e muitas vezes inconscientes, como afirmei, a base e os fundamentos mesmos dos julgamentos."

Não foi só em nosso sistema de *common law* que essa concepção abriu caminho. Mesmo em outros sistemas nos quais a lei escrita limita com mais rigor o poder da iniciativa judicial, percebe-se no ar um desenvolvimento semelhante. Em toda parte vê-se uma ênfase crescente na analogia entre a função do juiz e a função do legislador. Posso citar como exemplo François Gény, que desenvolveu essa analogia com ousadia e poder sugestivo[30]. "*A priori*", diz ele, "o processo de pesquisa (*la recherche*) que se impõe ao juiz ao buscar a lei pertinente ao caso parece-nos muito semelhante àquele que compete ao próprio

---

30. *Op. cit.*, vol. II, p. 77.

legislador. Exceto pela circunstância nada desprezível, embora de importância secundária, de que o processo seja acionado por alguma situação concreta, e a fim de adaptar o Direito a essa situação, as considerações que devem orientá-lo são, no que tange à finalidade última a ser atingida, exatamente da mesma natureza que as que devem dominar a própria ação legislativa, uma vez que se trata, em ambos os casos, de satisfazer, da melhor maneira possível, a justiça e a utilidade social mediante uma norma apropriada. Assim, quando as fontes formais se mostrarem omissas ou inadequadas, não hesitarei em recomendar ao juiz, como linha geral de conduta, o seguinte: que ele formule seu juízo sobre a lei obedecendo aos mesmos objetivos que seriam os do legislador que se propusesse a regulamentar a questão. Não obstante, uma importante distinção separa aqui a atividade judicial da legislativa. Enquanto o legislador não é tolhido por nenhuma limitação ao avaliar uma situação geral, que ele regulamenta de forma totalmente abstrata, o juiz, que decide tendo em vista casos particulares e referentes a problemas absolutamente concretos, deve, em adesão ao espírito de nossa moderna organização e para fugir aos perigos da ação arbitrária, livrar-se, tanto quanto possível, de toda influência que seja pessoal ou se origine da situação particular que tem diante de si, baseando sua decisão judicial em elementos de natureza objetiva. É por isso que me pareceu correto qualificar a atividade que lhe compete de livre pesquisa científica, *libre recherche scientifique*: livre, porque aqui fica longe da ação da autoridade positiva; e científica, ao mesmo tempo, porque só pode encontrar fundamentos sólidos nos elementos objetivos que somente a ciência é capaz de lhe revelar."[31]

A base lógica do ponto de vista contemporâneo foi expressa de forma admirável por Vander Eycken[32] em seu "Méthode positive de l'interprétation juridique"[33]: "No passado, os homens viam o Direito como produto da vontade consciente do legislador. Hoje, percebem nele uma força natural. No entanto, se podemos atribuir ao Direito o epíteto de 'natural', é num sentido diferente, como afirmei, daquele que anteriormente se associava à expressão 'direito natural'. Esta expressão significava então que a natureza inscrevera em nós, como um dos próprios elementos da razão, certos princípios dos quais todos os artigos do código eram apenas a aplicação. A mesma expressão deve significar hoje que o Direito nasce das relações de fato que existem entre as coisas. Assim como essas relações, o direito natural está em permanente afã. Não é mais nos textos ou nos sistemas provenientes da razão que devemos buscar a fonte do Direito; é na utilidade social, na necessidade de que certas conseqüências resultem de determinadas hipóteses. O legislador tem uma consciência apenas fragmentária dessa lei; ele a traduz pelas nor-

---

31. Ehrlich pensa da mesma maneira, "Die juristische Logik", p. 312.
32. Professor na Universidade de Bruxelas.
33. P. 401, sec. 239.

mas que prescreve. Quando se trata de determinar o significado dessas normas, onde devemos procurar? Em sua fonte, evidentemente; ou seja, nas exigências da vida social. Aí reside a probabilidade mais forte de descobrir o sentido do Direito. Do mesmo modo, quando se trata de preencher as brechas na lei, não é nas deduções lógicas, mas nas necessidades sociais, que devemos buscar a solução."

No desenvolvimento da *common law*, muitas brechas foram preenchidas recorrendo-se a outros sistemas. Tópicos inteiros de nossa jurisprudência foram extraídos do direito romano. Alguns de nossos maiores juízes – Mansfield na Inglaterra, Kent e Story aqui, nos Estados Unidos – jamais se cansavam de sustentar seus julgamentos com citações do *Digesto*. Para tentar avaliar em que medida o direito de Roma modificou a *common law* na Inglaterra e entre nós[34], deveríamos procurar bem longe de casa. Autoridade ele nunca teve. O grande movimento histórico da Recepção não atingiu as Ilhas Britânicas[35]. Foram feitas analogias. Linhas de raciocínio foram sugeridas. Ofereceram-se soluções sábias para problemas que, do contrário, seriam insolúveis. Não obstante, a função do sistema estrangeiro foi mais recomendar do que comandar. Nenhum novo método dele pro-

---

34. Sobre esse assunto, ver Sherman, "Roman Law in the Modern World"; Scrutton, "Roman Law Influence", I *Select Essays, Anglo-Am. Legal Hist.* 208.

35. I Pollock & Maitland, "History of English Law", 88, 114; Maitland, "Introduction to Gierke", *supra*, p. xii.

veio. Forneceu a matéria-prima a ser utilizada pelos métodos já considerados – os métodos da filosofia, da história e da sociologia – na configuração de seus produtos. Constitui apenas um dos compartimentos do grande reservatório de experiência social, verdade e sabedoria do qual os juízes da *common law* devem extrair inspiração e conhecimento.

Ao reconhecer, portanto, como reconheço, que o poder de declarar a lei traz consigo o poder e, dentro de certos limites, o dever de criar a lei quando não existe nenhuma, não pretendo alinhar-me com os juristas que parecem acreditar que, na realidade, não existe lei alguma a não ser as decisões dos tribunais. Penso que a verdade está a meio caminho entre os extremos representados, numa ponta, por Coke, Hale e Blackstone e, na outra, por autores como Austin, Holland, Gray e Jethro Brown. A teoria dos autores mais antigos era que os juízes não legislavam de modo algum. Havia ali, embutida no corpo do direito costumeiro, uma regra preexistente, porém oculta. Os juízes tinham apenas de retirar o envoltório e expor a lei aos nossos olhos[36]. Acredita-se que ninguém, desde os tempos de Bentham e Austin, tenha aceito essa teoria sem dedução ou reserva, embora encontremos, em decisões atuais, vestígios de sua prolongada influência. Hoje em dia corremos o risco de um outro erro, este, porém, de natureza oposta. Da opinião de que o Direito nunca é criado por juí-

---

36. Cf. Pound, 27 *Harvard L. R.* 731, 733.

zes, os partidários da análise austiniana foram levados às vezes a concluir que ele nunca é criado por ninguém. Os costumes, por mais que estejam firmemente estabelecidos, não constituem o Direito, dizem eles, até serem adotados pelos tribunais[37]. Nem mesmo as leis escritas constituem o Direito, porque os tribunais precisam determinar seu significado. Esse é o ponto de vista de Gray em seu "Nature and Sources of the Law"[38]. "A verdadeira concepção que proponho", diz ele, "é que o Direito é aquilo que os Juízes declaram; que as leis escritas, os precedentes, as opiniões dos especialistas versados, os costumes e a moralidade são as fontes do Direito."[39] Da mesma forma, Jethro Brown, no artigo "Law and Evolution"[40], afirma que, enquanto não for interpretada, uma lei escrita não constitui realmente Direito. Trata-se apenas de Direito "aparente". O Direito real, diz ele, só é encontrado no julgamento de um tribunal, em nenhum outro lugar. Segundo essa concepção, nem mesmo as decisões passadas constituem o Direito. Os tribunais podem revogá-las. Pela mesma razão, as decisões presentes não são Direito, exceto para as partes litigantes. As pessoas se ocupam de seus afazeres cotidianos e pautam sua conduta por um *ignis fatuus*. As regras às quais prestam obediên-

---

37. Austin, "Jurisprudence", vol. I, 37, 104; Holland, "Jurisprudence", p. 54; W. Jethro Brown, "The Austinian Theory of Law", p. 311.
38. Sec. 602.
39. Cf. Gray, *supra*, secs. 276, 366, 369.
40. 29 *Yale L. J.* 394.

cia não são, em absoluto, Direito. O Direito nunca *é*; está sempre prestes a ser. Só se torna real quando encarnado numa decisão judicial e, ao tornar-se real, expira. Não existem coisas como normas ou princípios: há somente sentenças isoladas.

Uma definição de Direito que realmente negue a possibilidade do Direito, já que nega a possibilidade de regras de operação geral[41], deve conter em si as sementes da falácia e do erro. A análise é inútil se destrói aquilo que pretende explicar. A lei e a obediência à lei são fatos que se confirmam todos os dias em nossa experiência de vida. Se o resultado de uma definição é fazê-los parecer ilusórios, tanto pior para a definição; devemos ampliá-la até que tenha amplitude suficiente para corresponder aos fatos. As verdades importantes da vida, os fenômenos cruciais e incontestes da sociedade não devem ser refutados como mitos ou extravagâncias por não se encaixarem em nossos pequenos moldes. Se necessário, devemos refazer os moldes. Devemos buscar uma concepção de Direito que o realismo possa aceitar como verdadeira. As leis escritas não deixam de ser leis porque se confiou aos tribunais o poder de determinar seu significado em caso de dúvida ou ambigüidade. Também se poderia dizer, por razões semelhantes, que os contratos não têm nenhuma realidade como expressões de uma vontade contratante. Os precedentes todos, por mais bem estabelecidos, não

---

41. Cf. Beale, "Conflict of Laws", p. 153, sec. 129.

perdem a qualidade de lei porque os tribunais às vezes exercem a prerrogativa de revogar suas próprias decisões. Creio que são essas as conclusões a que o senso de realismo nos deve levar. Não há dúvida de que existe um campo dentro do qual o julgamento judicial se move sem o entrave de princípios fixos. A obscuridade da lei escrita ou do precedente, dos costumes e da moral, ou o choque entre alguns ou todos eles, pode deixar o Direito indeciso e outorgar aos tribunais o dever de proclamá-lo retrospectivamente no exercício de um poder de função claramente legislativa. Em tais casos, só o que as partes envolvidas na demanda podem fazer é antecipar a declaração da norma da melhor forma que puderem e conduzir-se de acordo. Não devemos deixar que esses exemplos ocasionais e relativamente raros ceguem nossos olhos aos inúmeros casos em que não há obscuridade, nem choque, nem oportunidade para juízos divergentes. A maioria de nós leva a vida em submissão consciente às normas do Direito, sem necessidade, porém, de recorrer aos tribunais para determinar nossos direitos e deveres. Os processos judiciais são experiências raras e catastróficas para a grande maioria das pessoas e, mesmo quando advém a catástrofe, a controvérsia geralmente gira em torno não da lei, mas dos fatos. Em inúmeros litígios, a lei é tão clara que os juízes não têm nenhum poder discricionário. Eles têm o direito de legislar nas lacunas, mas com freqüência não há lacunas. Teremos uma visão falsa da paisagem se olharmos apenas para os espaços desertos e nos recusarmos a ver as terras já semeadas e produtivas. Creio que a dificuldade tem origem na incapacidade de distinguir entre direito e poder, entre a ordem encarnada num julgamento e o princípio jurídico ao qual o juiz deve obediência. Os juízes têm, é claro, o poder, embora não o direito, de ignorar o comando de uma lei escrita e, ainda assim, proferir a sentença. Têm o poder, embora não o direito, de viajar para além dos muros dos interstícios, os limites que o precedente e o costume impõem à inovação judicial. Com esse abuso de poder, no entanto, transgridem a lei. Se a transgridem intencionalmente, ou seja, com mente culpada e maldosa, cometem uma violação jurídica e podem ser afastados ou punidos, ainda que se mantenham as decisões que pronunciaram. Em resumo, há princípios jurídicos que limitam a liberdade do juiz[42] e, na opinião de alguns autores – com os quais não precisamos concordar –, até mesmo a liberdade do próprio Estado[43]. Inúmeros seres humanos podem viver sua vida e regular sua conduta – como de fato acontece – sem nunca ingressar na esfera em que o Direito pode ser mal interpretado, a não ser, de fato, quando a má interpretação for acompanhada por um abuso consciente de poder. A conduta dessas pessoas nunca

---

42. Salmond, "Jurisprudence", p. 157; Sadler, "Relation of Law to Custom", pp. 4, 6, 50; F. A. Geer, 9 *L. Q. R.* 153.
43. Duguit, "Law and the State", 31 *Harvard L. R.* 1; Vinogradoff, "The Crisis of Modern Jurisprudence", 29 *Yale L. J.* 312; Laski, "Authority in the Modern State", pp. 41, 42.

toca as fronteiras, a penumbra onde nasce a controvérsia. Do nascimento à morte, sua ação é limitada, a cada movimento, pelo poder do Estado, e em momento algum recorrem aos juízes para demarcar as fronteiras entre o certo e o errado. Não posso recusar o nome de Direito às normas que exercem tal coerção sobre os destinos da humanidade[44].

A velha teoria blackstoniana das normas jurídicas preexistentes que os juízes encontraram, mas não criaram, ajustava-se a uma teoria ainda mais antiga, a teoria do Direito natural. A evolução desse conceito constitui um longo e interessante capítulo na história da filosofia do Direito e da ciência política[45]. A doutrina atingiu seu maior desenvolvimento com os estóicos, persistiu em diferentes fases ao longo dos séculos, entranhando-se nas formas comuns de discurso e pensamento, e influenciou profundamente as especulações e os ideais dos homens na política e no Direito. Por algum tempo, com a ascensão e o predomínio da escola analítica de juristas, pareceu estar desacreditada e abandonada[46]. O pensamento jurídico recente colocou-a novamente em vigência, embora sua forma tenha sofrido alterações tão profundas

---

44. "Direito é o conjunto de princípios gerais e regras particulares em conformidade com o qual os direitos civis são criados e regulados e as transgressões são prevenidas ou reparadas." (Beale, "Conflict of Laws", p. 132, sec. 114.)

45. Salmond, "The Law of Nature", 11 *L. Q. R.* 121; Pollock, "The History of the Law of Nature", 1 *Columbia L. R.* 11; 2 Lowell, "The Government of England", 477, 478; Maitland, "Collected Papers", p. 23.

46. Cf. Ritchie, "Natural Rights".

que a velha teoria sobrevive quase que só no nome[47]. O Direito natural não é mais concebido como algo estático e eterno. Não sobrepuja o direito humano ou positivo. É a matéria com a qual se deve tecer o direito humano ou positivo quando faltarem outras fontes[48]. "A moderna filosofia do Direito tem em comum com a filosofia do direito natural o fato de que tanto uma como a outra pretendem ser a ciência do justo. Contudo, a moderna filosofia do Direito diverge essencialmente da filosofia do Direito natural no sentido de que esta última busca um Direito justo e natural fora do Direito positivo, ao passo que a nova filosofia do Direito deseja inferir e firmar o elemento do justo dentro e fora do direito positivo – fora do que ele é e do que está se tornando. A escola do direito natural busca um direito ideal, absoluto, o 'direito natural', o direito κατ'ἐξοχῆν, ao lado do qual o direito positivo tem importância apenas secundária. A moderna filosofia do Direito reconhece que existe somente *um* Direito, o Direito positivo, mas busca seu lado ideal e sua idéia duradoura."[49] Não estou in-

---

47. Pound, 25 *Harvard L. R.* 162; Charmont, "La Renaissance du droit naturel", *passim*; trad. ingl. publicada em 7 *Modern Legal Philosophy Series*, pp. 106, 111; Demogue, "Analysis of Fundamental Notions", 7 *Modern Legal Philosophy Series*, p. 373, sec. 212; Laski, "Authority in the Modern State", p. 64.

48. Vander Eycken, *op. cit.*, p. 401.

49. Berolzheimer, "System der Rechts und Wirthschaftsphilosophie", vol. II, 27, citado por Pound, "Scope and Purpose of Sociological Jurisprudence", 24 *Harvard L. R.* 607; também Isaacs, "The Schools of Jurisprudence", 31 *Harvard L. R.* 373, 389; e, para a visão medieval, Maitland, "Gierke, Political Theories of the Middle Ages", pp. 75, 84, 93, 173.

teressado em demonstrar a exatidão da nomenclatura por meio da qual os ditames da razão e da consciência, aos quais o juiz deve obediência, receberam o nome de "Direito" antes que ele os tivesse incorporado numa sentença, apondo-lhes o *imprimatur* do Direito[50]. Não me incomodarei se dissermos, como Austin, Holland, Gray e muitos outros, que até então esses ditames não passam de preceitos morais. Essas disputas verbais não me interessam muito. O que realmente importa é que, dentro dos limites de seu poder de inovação, o juiz tem o dever de manter uma relação entre o Direito e a moral, entre os preceitos da filosofia do Direito e os preceitos da razão e da boa consciência. Suponho ser verdade que, num certo sentido, esse dever nunca foi questionado[51]. Às vezes, porém, tem-se a impressão de que foi obscurecido pelos juristas analíticos, que, ao enfatizar as minúcias verbais da definição, fizeram um sacrifício correspondente da ênfase sobre as realidades mais profundas e precisas dos fins, das metas e funções. A constante insistência em que moralidade e justiça não são o Direito tornou-o sujeito a desconfiança e desprezo, como se se tratasse de algo a que a moralidade e a justiça não apenas são estranhas, mas também hostis. Podemos perdoar o novo desenvolvimento do *Naturrecht* por suas infelicidades de expressão verbal desde que nos apresente a novas alegrias de método

---

50. Holland, "Jurisprudence", p. 54.
51. Ver Gray, *supra*, p. 286, secs. 644, 645.

e ideal. A nós não interessa a logomaquia estéril que discorre longamente sobre os contrastes entre Direito e justiça e esquece suas harmonias mais profundas. Preferimos o toque de trombeta do "código civil" francês[52]: "Le juge, qui refusera de juger, sous prétexte du silence, de l'obscurité ou de l'insuffisance de la loi, pourra être poursuivi comme coupable de déni de justice."[53] "É função de nossos tribunais", diz um crítico severo, "manter as doutrinas em dia com os usos e costumes, reafirmando-as continuamente e dando-lhes um conteúdo sempre novo. Isto é legislação judicial, e o juiz legisla expondo-se a perigos. Não obstante, é a necessidade e o dever dessa legislação que conferem ao ofício judicial a mais alta dignidade; e nenhum juiz corajoso e honesto esquiva-se do dever nem teme o perigo."[54]

O leitor poderá dizer que nada garante que os juízes vão interpretar os usos e costumes de sua época de maneira mais sábia e verdadeira do que outros homens. Não estou disposto a negar isso mas, em minha opinião, trata-se de coisa irrelevante. A questão principal é que esse poder de interpretação deve alojar-se em algum lugar, e a prática da Constituição alojou-o nos juízes. Para que eles cumpram sua fun-

---

52. Art. 4; Gray, *supra*, sec. 642; Gény, *op. cit.*, vol. II, p. 75, sec. 155; Gnaeus Flavius, "Der Kampf um die Rechtswissenschaft", p. 14.

53. "O juiz que se recusar a proferir sentença sob o pretexto do silêncio, da obscuridade ou da inadequação da lei estará sujeito a ação penal sob a acusação de negar justiça."

54. Arthur L. Corbin, 29 *Yale L. J.* 771.

ção de juízes, dificilmente tal poder poderia estar alojado em outro lugar. É verdade que as conclusões dos juízes devem ser constantemente submetidas a exames e reexames, a revisões e reajustes; mas, se agirem com consciência e inteligência, deverão chegar, em suas conclusões, a uma média satisfatória de verdade e sabedoria. O reconhecimento desse poder e dever de moldar o Direito em conformidade com a moralidade costumeira é algo muito distante da destruição de todas as normas e da substituição, em cada caso, do senso individual de justiça, o *arbitrium boni viri*[55]. Isso poderia resultar num despotismo benevolente, fossem os juízes homens benevolentes. Poria fim ao reinado do Direito. O método da sociologia, ainda que aplicado com maior liberdade que no passado, não está nos conduzindo a nenhum cataclismo desse tipo. A forma e a estrutura do organismo são fixas. As células nas quais há movimento não alteram as proporções da massa. É insignificante o poder de inovação de qualquer juiz quando comparado à magnitude e à pressão das normas que o restringem de todos os lados. Até certo ponto, porém, ele deve inovar, pois novas condições pedem novas normas. O método da sociologia exige apenas que, dentro desse restrito espaço de escolha, o juiz busque a justiça social. Houve etapas na história do Direito em que se fez necessário um método menos psicológico. Os velhos critérios quantitativos de verdade atendiam às necessidades

---

55. Cf. *Standard Chemical Corp. vs. Waugh Corp.*, 231 N.Y. 51, 55.

sociais de sua época[56]. Mas isso foi há muito tempo. O pensamento jurídico moderno, voltando-se para si mesmo, submetendo o processo judicial à análise introspectiva, pode nos ter dado uma terminologia e uma ênfase até então desconhecidas. Na verdade, porém, seu método não é novo. É o método dos grandes juízes dos tribunais de eqüidade que, sem sacrificar a uniformidade e a certeza, construíram o sistema de eqüidade recorrendo constantemente aos ensinamentos da razão e da consciência justas. É o método pelo qual a *common law* se revitalizou nas mãos de seus grandes mestres – o método de Mansfield, Marshall, Kent e Holmes.

Na verdade, houve movimentos, até mesmo em nossa própria época, que pretendiam fazer do senso individual de justiça o único critério de certo e errado, tanto no Direito como na moral. Nas palavras de Gény, somos convidados a estabelecer, na pior das hipóteses, um sistema de "anarquia jurídica" ou, na melhor das hipóteses, de "impressionismo judicial"[57]. Recentemente, na França, tentou-se fazer essa experiência, ou algo próximo disso. Entre os críticos de nossos próprios tribunais, há os que defendem um credo semelhante[58]. O experimento francês, que fi-

---

56. Flavius, "Der Kampf um die Rechtswissenschaft", pp. 48, 49; Ehrlich, "Die juristische Logik", pp. 291, 292.
57. Gény, *op. cit.*, ed. de 1919, vol. II, p. 288, sec. 196; p. 305, sec. 200.
58. Bruce, "Judicial Buncombe in North Dakota and Other States", 88 *Central L. J.* 136; réplica do juiz Robinson, 88 *ibid.* 155; "Rule and Discretion in the Administration of Justice", 33 *Harvard L. R.* 792.

cou conhecido como "le phénomène Magnaud", é tema de um dos capítulos do epílogo da última edição do brilhante livro de Gény, publicada em 1919[59]. Entre 1889 e 1904, o tribunal de primeira instância de Château-Thierry, seguindo o exemplo de seu presidente, o juiz Magnaud, liderou uma revolta contra a ordem existente na ciência jurídica. Seus membros ficaram conhecidos como *les bons juges*, os bons juízes. Parece que, em cada causa, eles se perguntavam o que um homem bom, naquelas circunstâncias, desejaria fazer, e proferiam sua sentença de acordo com as respostas que lhes pareciam certas. Às vezes agiam assim quando as leis escritas se mostravam inconsistentes. Não conheço o trabalho desses juízes em primeira mão. Gény o condena e diz que o movimento exauriu sua força. Quaisquer que sejam os méritos ou deméritos de tal impressionismo, não é esse o processo judicial que conhecemos em nosso Direito[60]. Nossa ciência jurídica manteve-se fiel ao imperativo categórico de Kant: "Age de acordo com uma máxima que desejarias como lei universal." Recusou-se a sacrificar o bem maior e mais inclusivo ao bem menor e mais estreito. Faz-se um contrato. Seu cumprimento é oneroso e talvez opressivo. Se considerássemos apenas a instância individual, poderíamos nos inclinar a eximir o promitente. Olhamos além do particular, para o universal, e formamos nos-

---

59. Gény, *op. cit.*, ed. de 1919, vol. II, p. 287, sec. 196 ss.
60. Salmond, "Jurisprudence", pp. 19, 20.

so julgamento em obediência ao interesse fundamental da sociedade de que os contratos sejam cumpridos. Há uma enorme distância entre usar o sentimento individual de justiça como substituto do Direito e usá-lo como uma forma de critério e avaliação na interpretação ou expansão do Direito. Creio que o tom e a disposição com que o juiz de hoje deve iniciar sua tarefa encontram-se bem expressos no primeiro artigo do código civil suíço de 1907, artigo que tem gerado um grande número de comentários jurídicos. "A lei escrita", diz o código suíço, "rege todas as matérias contidas na letra ou no espírito de quaisquer de suas injunções. Na falta de uma lei aplicável, o juiz deve proferir suas sentenças de acordo com o direito costumeiro, e, na falta de um costume, de acordo com as regras que ele estabeleceria se tivesse de assumir o papel de legislador. Ele deve inspirar-se, no entanto, nas soluções consagradas pela doutrina dos eruditos e pela jurisprudência dos tribunais – *par la doctrine et la jurisprudence*."[61] No preceito final reside o cerne da diferença entre "le phénomène Magnaud" e a justiça conforme o Direito. O juiz, mesmo quando livre, não o é totalmente. Não deve inovar a seu bel-prazer. Não é um cavaleiro andante que perambula por onde quer em busca de seu próprio ideal de beleza ou bondade. Ele deve inspirar-se em princípios consagrados. Não deve ceder ao sentimento espasmódico, à benevolên-

---

61. Gény, *op. cit.*, II, p. 213; também Perick, "The Swiss Code", XI, *Continental Legal Hist. Series*, p. 238, sec. 5.

cia vaga e irregular. Deve recorrer a um discernimento informado pela tradição, regularizado pela analogia, disciplinado pelo sistema e subordinado "à necessidade primordial de ordem na vida social"[62]. Em toda consciência, há espaço para um campo bastante amplo de discernimento.

---

62. Gény, *op. cit.*, II, p. 303, sec. 20.

Palestra IV.
Adesão ao precedente. O elemento subconsciente no processo judicial. Conclusão

O sistema de criar o Direito por meio de decisões judiciais que fornecem a norma para transações realizadas antes do pronunciamento da sentença seria de fato intolerável em seu rigor e em sua opressão se o Direito natural, no sentido em que empreguei o termo, não fornecesse a principal regra de julgamento ao juiz quando o precedente e o costume faltassem ou estivessem deslocados. A aquiescência a esse método baseia-se na crença de que, quando o Direito deixa de cobrir uma situação pela inexistência de uma regra anterior, não há nada a fazer exceto pedir a algum árbitro imparcial que declare aquilo que homens justos e razoáveis, cientes dos hábitos de vida da comunidade e dos padrões de justiça e retidão prevalecentes entre eles, deveriam fazer em tais circunstâncias, sem quaisquer regras, a não ser as do costume e da consciência, para regular sua conduta. O sentimento é de que em nove de cada dez causas, se não mais, a conduta de homens honrados não teria sido diferente se a norma incorporada na decisão tivesse sido anunciada previamente por uma lei escrita. Na pequena minoria das causas, em que a ignorância teve algum peso, é igualmente provável que tenha afetado tanto um lado quanto outro; e, uma vez surgida uma controvérsia que se deve resolver de algum modo, não há nada a fazer, na ausência de uma norma já criada, a não ser constituir alguma autoridade que a crie depois do ocorrido. Alguém sairá perdendo; faz parte do jogo da vida; temos que pagar de inúmeras maneiras pela falta de uma visão profética. Não há dúvida de que o sistema ideal, se pudesse ser alcançado, seria um código ao mesmo tempo tão flexível e minucioso a ponto de fornecer antecipadamente a norma justa e adequada a toda situação imaginável. A vida, porém, é complexa demais para colocar a conquista desse ideal ao alcance das capacidades humanas. Devemos reconhecer a verdade, diz Gény[1], ou seja, que a vontade (*la volonté*) que inspira uma lei escrita "só se estende sobre um domínio muito estreito e limitado de fatos concretos. Quase sempre, as leis escritas têm um único ponto de vista. Toda a história demonstra que a legislação só intervém quando um claro abuso se revela, e quando foi o excesso desse abuso que finalmente despertou a opinião pública. Quando o legislador intervém, é para pôr fim a tais e tais fatos, muito claramente determinados, que provocaram sua decisão. E se, para atingir seu objetivo, ele considera apropriado seguir o cami-

---

1. *Op. cit.*, prefácio, p. xvi.

nho das idéias gerais e das fórmulas abstratas, os princípios que ele anuncia só terão valor, em sua concepção, na medida em que sejam aplicáveis aos males que era sua intenção destruir e às condições similares que tenderiam a se originar deles. Quanto às outras conseqüências lógicas a ser deduzidas desses princípios, o legislador não suspeita delas; algumas, talvez muitas, ele não hesitaria em repudiar caso as pudesse prever. Ao consagrá-las, ninguém pode alegar estar seguindo a vontade dele ou rendendo-se a seu julgamento. Tudo o que se faz, portanto, é desenvolver um princípio – daí por diante isolado e independente da vontade que o criou –, transformá-lo numa nova entidade que, por sua vez, se desenvolve a partir de si mesma, e dar-lhe uma vida independente, qualquer que tenha sido a vontade do legislador e, com muita freqüência, apesar dela". Essas são as palavras de um jurista francês ao escrever sobre um sistema jurídico baseado num código. As inevitáveis lacunas de tal sistema serão, pelo menos em igual medida, inevitáveis num sistema de direito jurisprudencial aleatoriamente criado por meio das controvérsias dos litigantes[2]. Em cada sistema, o adiamento da norma de ação até o momento em que a ação se consuma deve resultar, às vezes, em dificuldades. É uma das conseqüências das limitações do intelecto humano e da negação de previsão infinita a

---

2. Pollack, "Essays in Jurisprudence and Ethics; The Science of Case Law", p. 241.

legisladores e juízes. Mas a verdade é que, como já afirmei, mesmo quando se ignora a regra, são poucos os casos em que a ignorância determinou a conduta. É mais comum que a controvérsia diga respeito a algo que teria acontecido de qualquer maneira. Fabrica-se um automóvel com rodas defeituosas. A questão é se o fabricante tem, para alguém mais, além do comprador, a obrigação de inspecionar o produto[3]. O ocupante do carro, prejudicado pelo defeito, apresenta sua versão ao tribunal; o fabricante, outra. Qualquer que seja a parte que prevaleça, há poucas chances de que a conduta tivesse sido diferente caso se conhecesse a norma de antemão. O fabricante não disse a si mesmo: "Não inspecionarei as rodas porque não é essa a minha obrigação." Não há dúvida de que era, sim, sua obrigação, pelo menos perante o comprador imediato. Seja como for, cometeu-se um erro. A questão é saber até que ponto o erro deve acarretar conseqüências desagradáveis para quem o cometeu.

Digo, portanto, que, na grande maioria das causas, o que se percebe é que o efeito retroativo do Direito criado pelos juízes não envolve nenhum contratempo, ou envolve somente o contratempo que é inevitável quando não se enunciou nenhuma norma. Considero significativo o fato de que a força retroativa seja suspensa quando se percebe que o contratempo é grande demais ou desnecessário. Examine-

---

3. *MacPherson vs. Buick Motor Co.*, 217 N.Y. 382.

mos as causas em que um tribunal de apelação declarou nula uma lei e, mais tarde, revogando sua própria decisão, a declarou válida. As transações que ocorreram nesse meio-tempo foram regidas pela primeira decisão. Que dizer da validade de tais transações quando a decisão é anulada? A maioria dos tribunais, num espírito realista, sustentou que a vigência da lei esteve suspensa nesse intervalo[4]. Pode ser difícil conciliar essa decisão judicial com dogmas e definições abstratos. Por que traçar o limite aqui, quando tantas outras coisas que o tribunal faz são feitas com força retroativa? A resposta, creio, é que se demarca o limite aqui porque a injustiça e a opressão de uma recusa em demarcá-lo seriam tão grandes quanto intoleráveis. Em nada ajudaremos o homem que confiou no julgamento de algum tribunal inferior[5]. Em seu caso, a possibilidade de um erro de cálculo é tida como um risco legítimo do jogo da vida, nada diferente em grau do risco de qualquer outra concepção errônea de direito ou dever. Ele sabe que assumiu um risco que muitas vezes a prudência poderia ter evitado. Considera-se que a sentença de um tribunal de apelação assenta em bases diversas. Não tenho certeza de que se possa traçar uma distinção

---

4. *Harris vs. Jex*, 55 N.Y. 421; *Gelpcke vs. Dubuque*, 1 Wall. 125; Holmes, J., em *Kuhn vs. Fairmount Coal Co.*, 215 U. S. 349, 371; 29 *Harvard L. R.* 80, 103; *Danchey Co. vs. Farmy*, 105 Misc. 470; Freeman, "Retroactive Operation of Decisions", 18 *Columbia L. R.* p. 230; Gray, *supra*, secs. 547, 548; Carpenter, "Court Decisions and the Common Law", 17 *Columbia L. R.* 593.

5. *Evans vs. Supreme Council*, 223 N.Y. 497, 503.

adequada entre uma mudança de decisão a respeito da validade de uma lei e uma mudança de decisão a respeito do significado ou da força de uma lei[6], ou mesmo a respeito do significado ou da força de uma regra da *common law*[7]. Não farei qualquer tentativa de dizer onde estará localizada, um dia, a linha divisória. Estou convencido, porém, de que sua localização, onde quer que seja, será regida não por concepções metafísicas acerca da natureza do Direito criado pelos juízes, nem pelo fetiche de algum preceito implacável, como o da divisão dos poderes governamentais[8], mas por considerações de conveniência, de utilidade e dos mais profundos sentimentos de justiça.

Hoje em dia, muito se discute se a regra de adesão ao precedente deve ser totalmente abolida[9]. Eu não chegaria a tanto. Acho que a adesão ao precedente deve ser a regra, não a exceção. Já tive oportunidade de discorrer sobre algumas das considerações que a sustentam. Posso acrescentar que o trabalho dos juízes aumentaria de maneira quase comprometedora se toda decisão passada pudesse ser reaberta em cada causa e não se pudesse assentar a própria fiada de tijolos sobre o alicerce sólido das fiadas as-

---

6. *Douglass vs. County of Pike*, 101 U. S. 677.
7. Cf. Wigmore, "The Judicial Function", prefácio a 9 *Modern Legal Philosophy Series*, pp. xxxvii, xxxviii.
8. Laski, "Authority in the Modern State", pp. 70, 71; Green, "Separation of Governmental Powers", 29 *Yale L. J.* 371.
9. "Rule and Discretion in the Administration of Justice", 33 *Harvard L. R.* 972; 29 *Yale L. J.* 909; 34 *Harvard L. R.* 74; 9 *Modern Legal Philosophy Series*, prefácio, p. xxxvi.

sentadas pelos que vieram antes. A constituição do meu próprio tribunal talvez tenha tendido a acentuar essa crença. Tivemos dez juízes, dos quais apenas sete se reuniam a cada sessão. Quando se trata de uma questão similar, poderia ocorrer que uma causa decidida de certa maneira numa semana pudesse ser decidida de outra forma na semana seguinte se fosse então ouvida pela primeira vez. No entanto, seria intolerável se as mudanças semanais na composição do tribunal fossem acompanhadas por mudanças em suas decisões. Em tais circunstâncias, não há nada a fazer exceto acatar os erros de nossos colegas da semana anterior, gostemos deles ou não. Mas estou disposto a admitir que a regra da adesão ao precedente, embora não deva ser abolida, deve ser até certo ponto relaxada. Quando uma norma, após ter sido devidamente testada pela experiência, revela-se incompatível com o senso de justiça ou com o bem-estar social, penso que deveria haver menos hesitação em admitir-se isso francamente e aboli-la por completo. Tivemos de fazer isso algumas vezes no campo do Direito constitucional[10]. Talvez devamos fazê-lo com mais freqüência em áreas do Direito privado nas quais as considerações de utilidade social não são tão agressivas e prementes. Deveríamos nos mostrar mais predispostos a abandonar uma posição insustentável quando não pudéssemos inferir, de maneira plausível, que a norma a ser descartada foi o que de-

---

10. *Klein vs. Maravelas*, 219 N.Y. 383.

terminou a conduta dos litigantes e, em particular, quando ela fosse, em sua origem, produto de instituições ou condições que ganharam novo significado ou desenvolvimento com o passar dos anos. Em tais circunstâncias, as palavras do juiz Wheeler em *Dwy vs. Connecticut Co.*, 89 Conn. 74, 99, exprimem o tom e a disposição de espírito com que se devem enfrentar os problemas: "O tribunal que melhor atende ao Direito é aquele que reconhece que as normas jurídicas criadas numa geração distante podem, depois de uma longa experiência, mostrar-se insuficientes para outra geração; é aquele que descarta a antiga norma quando encontra outra norma jurídica que representa o que estaria de acordo com o juízo estabelecido e assente da sociedade e não concede qualquer direito de propriedade adquirido à antiga norma por conta da confiança nela depositada. Foi assim que os grandes autores que escreveram sobre a *common law* descobriram a fonte e o método de seu desenvolvimento e, em seu desenvolvimento, encontraram a saúde e a vitalidade de tal Direito. Ele não é nem deve ser estacionário. A mudança desse atributo não deve ficar a cargo da legislatura." Se os juízes infelizmente interpretaram mal os usos e costumes de sua época, ou se estes já não correspondem aos nossos, eles não devem atar as mãos de seus sucessores, forçando-os a uma submissão sem saída.

Permitam-me citar um ou dois exemplos que melhor elucidem o que quero dizer. Apresento-os com hesitação e não tenho certeza de que sejam adequados. Mesmo assim, poderão ser úteis. O exemplo pode ser rejeitado, mas o princípio permanece.

É uma norma da *common law* que o fiador ficará isento de responsabilidade se um contrato entre o principal devedor e o credor prorrogar o prazo de pagamento da dívida sem o consentimento do fiador. Ainda que a prorrogação seja de um só dia, será suficiente para produzir esse efeito[11]. Sem tal prorrogação, o fiador teria o privilégio, ao vencer a dívida, de pagar o credor e exigir imediata sub-rogação nos remédios jurídicos do credor contra o devedor. Considera-se, portanto, que ele sofreu um prejuízo se, devido à prorrogação da data de vencimento, seu direito foi adiado. Não duvido de que será justo aplicar essa norma sempre que o fiador puder demonstrar que a prorrogação resultou em prejuízo efetivo, como é o caso quando o devedor, nesse ínterim, se tornou insolvente, ou quando o valor da garantia sofreu redução, ainda que, mesmo em tais circunstâncias, o grau de isenção deva ser determinado, por justiça, pela extensão do prejuízo sofrido. Talvez fosse justo conceder a isenção sempre que o fiador tivesse se proposto a quitar a dívida e pleiteado sub-rogação nos remédios jurídicos contra o devedor. Talvez o ônus de provar que não houve dano devesse recair sobre o credor. Mas não se reconheceu nenhuma limitação desse tipo. A norma se aplica a casos em que nem a quitação nem o prejuízo efetivo ocorreram ou

---

11. *N.Y. Life Ins. Co. vs. Casey*, 178 N.Y. 381.

foram pretendidos. A lei formulou seus julgamentos com base na hipótese fictícia de que o fiador, que provavelmente passa noites sem dormir por medo de que algum dia o pagamento lhe seja exigido, na verdade é atormentado pelo desejo reprimido de impingir um pagamento indesejável a um credor relutante ou caprichoso. O período de prorrogação já se cumpriu; o fiador não tomou nenhuma medida, nem mesmo se deu ao trabalho de perguntar; no entanto, considera-se que ele é isento com base na hipótese de que, não fosse a prorrogação, que ele desconhecia totalmente e pela qual não poderia controlar sua conduta, ele teria se apresentado voluntariamente para quitar a dívida. Essas normas são remanescentes da época em que os acordos comerciais eram mais simples, quando não existiam empresas de fiança, quando os fiadores geralmente eram amigos generosos que haviam sofrido abuso de confiança e quando o principal empenho dos tribunais aparentemente consistia em encontrar alguma justificativa plausível que os livrasse de seu compromisso. Já vejo sinais de uma mudança de espírito nas decisões mais recentes[12]. Creio que podemos nos perguntar se os tribunais não têm a obrigação de ir mais além e assentar esse ramo do Direito sobre uma base mais coerente com as realidades do mundo dos negócios e com os princípios morais da vida.

---

12. *Wilkinson vs. McKemmie*, 229 U. S. 590, 593; *U. S. vs. McMullen*, 222 U. S. 460, 468; *Richardson vs. County of Steuben*, 226 N.Y. 13; *Assets Realization Co. vs. Roth*, 226 N.Y. 370.

Outra regra da *common law* é que um acordo verbal, ainda que celebrado subseqüentemente, é incapaz de alterar ou cancelar um contrato selado[13]. Nos tempos em que os selos validavam um bom acordo, havia provavelmente alguma razão no reconhecimento dessa solenidade mística. Hoje em dia, quando as corriqueiras iniciais "L. S."* substituíram os recursos heráldicos, a lei é consciente de seu próprio absurdo quando preserva a rubrica de uma era que se foi[14]. Embora afirmassem respeitar a norma, os juízes fizeram esforços meritórios, porém tímidos, para entremeá-la com exceções e, mediante distinções, reduzi-la a uma sombra[15]. Um caso recente sugere que a timidez, e não a reverência, tem adiado a chegada do fim[16]. O direito terá motivos para ser grato a quem desferir o golpe fatal.

As ilustrações que apresentei foram retiradas do campo do direito substantivo. As normas sobre evidências judiciais e, de modo geral, todo o objeto do direito processual fornecem campos nos quais a mudança pode ser realizada de maneira adequada e com liberdade ainda maior. As considerações de natureza política que determinam a adesão a normas existentes que envolvem direitos substantivos se aplicam

---

13. *McCreery vs. Day*, 119 N. Y. I; 3 *Williston on Contracts*, secs. 1835, 1836.
* Abreviação da expressão latina *locus sigilli*, lugar do selo. (N. da T.)
14. *Harris vs. Shorall*, 230 N.Y. 343.
15. *McCreery vs. Day, supra; Thomson vs. Poor*, 147 N.Y. 402.
16. *Harris vs. Shorall, supra*.

com menos força quando se trata do Direito processual. Permitam-me citar um exemplo extraído das normas sobre evidências judiciais. Um homem é processado por estupro. Sua defesa é que a mulher consentiu. Ele pode demonstrar que ela não tem boa *reputação* no que respeita à castidade. Ele não pode mostrar atos específicos, e mesmo repetidos, de falta de castidade com outro homem ou outros homens[17]. A coisa que qualquer exame sensato dos fatos gostaria de descobrir, acima de todas as outras, ao avaliar a verdade de tal defesa, é algo que, segundo uma regra inflexível, deve ser excluído das considerações do júri. Embora a mulher seja chamada a depor, o acusado não se beneficia muito disso porque, ainda que possa interrogá-la também sobre outros atos, ela tem a palavra final. Não há dúvida de que o juiz deve exercer um certo poder discricionário na admissão de tal prova, deve excluí-la se for demasiado remota e deve estar pronto a conceder um adiamento ou, do contrário, a eliminar qualquer adversidade resultante do fator surpresa. Não é esse o efeito da presente norma. A prova é excluída por completo e para sempre. É verdade que alguns tribunais adotaram um ponto de vista diferente, mas infelizmente são poucos. Aqui, como em muitas outras ramificações da lei relativa a evidências judiciais, percebemos uma exagerada confiança na reputação geral como critério para a averiguação do caráter dos litigantes ou das testemunhas.

---

17. *People vs. Carey*, 223 N.Y. 519.

Tal fé é resquício de tempos mais simples. Era justificada na época em que as pessoas viviam em comunidades pequenas. É possível que, nas zonas rurais, ainda tenha alguma justificação hoje em dia. Na vida das grandes cidades, isso transformou a prova de caráter numa farsa. Aqui, como em muitos outros ramos do direito adjetivo, um espírito realista deve harmonizar as regras atuais com as necessidades atuais.

Contudo, a regra de adesão ao precedente é aplicada com menos rigidez nos Estados Unidos do que na Inglaterra, e acredito que mesmo lá esse rigor esteja diminuindo. A Câmara dos Lordes diz estar absolutamente atrelada a suas próprias decisões anteriores[18]. A Suprema Corte dos Estados Unidos e os tribunais superiores de vários Estados anulam suas próprias decisões quando manifestamente errôneas[19]. Num ensaio intitulado "The Science of Case Law", escrito há mais de quarenta anos, Pollock fala da liberdade com que se fazia isso, sugerindo que o Direito não era mais do que uma questão de opinião pessoal[20]. Desde então, a tendência, se é que havia alguma, só fez aumentar. Um exemplo extremo pode ser encontrado numa decisão recente de um tribunal federal[21]. O queixoso processou um fabricante de au-

---

18. Gray, *supra*, sec. 462; Salmond, "Jurisprudence", p. 164, sec. 64; Pound, "Juristic Science and the Law", 31 *Harvard L. R.* 1053; *London Street Tramways Co. vs. London County Council*, 1898, A. C. 375, 379.

19. Pollock, "First Book of Jurisprudence", pp. 319, 320; Gray, "Judicial Precedents", 9 *Harvard L. R.* 27, 40.

20. "Essays in Jurisprudence and Ethics", p. 245.

21. *Johnson vs. Cadillac Motor Co.*, 261 Fed. Rep. 878.

tomóveis a fim de ressarcir-se dos prejuízos sofridos por danos pessoais resultantes de um carro com defeito. No julgamento em primeira instância, obteve um veredicto favorável que o Tribunal de Apelação do segundo circuito* revogou com base na alegação de que o fabricante não devia nenhuma obrigação ao queixoso, o ocupante do carro, já que este não era o comprador original, pois adquirira o carro de outrem[22]. No segundo julgamento, o juiz de primeira instância, em obediência a essa decisão, indeferiu o pedido, e um recurso levou novamente o caso perante o mesmo tribunal. Nesse meio-tempo, o Tribunal de Apelação de Nova York decidira, numa ação contra outro fabricante, que havia uma obrigação nessas circunstâncias, independentemente de participação direta em um contrato[23]. O tribunal federal acatou essa decisão, anulou seu veredicto anterior e revogou o parecer de indeferimento que fora proferido em conformidade com seu mandado. Nesse caso, o réu que primeiro reverteu a sentença porque o pedido de anulação *não* havia sido indeferido, e que depois sofreu um revés porque, com base nas mesmas provas, o pedido de anulação *fora* indeferido, provavelmente tinha sua própria opinião sobre a natureza do processo judicial. Não pretendo analisar se o desvio da norma de adesão ao precedente foi ou não justifica-

---

* As *Circuits Courts of Appeals* correspondem, aproximadamente, aos Tribunais Regionais Federais no Brasil. (N. do R. T.)

22. 221 Fed. Rep. 801.

23. *MacPherson vs. Buick Motor Co.*, 217 N.Y. 382.

do nessas condições. Um juiz dissidente sustentou a opinião de que a decisão anterior deveria ter sido aplicada como a lei do caso, a despeito de ser correta ou não, como as regras de *res adjudicata*. Certa ou errada, a conclusão da maioria do tribunal é um indício interessante do espírito e da tendência de subordinar o precedente à justiça. Como conciliar essa tendência – que é crescente e, de maneira geral, saudável – com a necessidade de uniformidade e certeza é um dos grandes problemas que enfrentam os juristas e juízes atuais. Aqui, como em outras partes do Direito, teremos de andar às apalpadelas. O caminho seguro será encontrado em algum ponto entre o culto ao passado e a exaltação do presente.

Penso que a lição que nos ensina o exame dos métodos judiciais é a de que toda a matéria da teoria do Direito é mais flexível, mais maleável, os moldes menos definitivos, os limites de certo e errado menos preordenados e constantes, do que a maioria de nós, sem a ajuda de alguma análise desse tipo, se acostumou a crer. Gostamos de imaginar que o campo do Direito se encontra delineado e mapeado com precisão. Traçamos nossas pequenas linhas e, antes que cheguem a se fixar, já não conseguimos distingui-las. Dá-se aqui o mesmo que no tempo e no espaço. As divisões são hipóteses de trabalho, adotadas por conveniência. Tendemos cada vez mais a reconhecer o fato de que, afinal de contas, existem poucas normas; o que existe, sobretudo, são critérios e graus. É uma questão de grau se fui negligente ou não. É uma questão de grau se, no uso da minha própria terra, fiz um mau uso da propriedade que pode ser anulado por meu vizinho. É uma questão de grau se a lei que toma minha propriedade e limita minha conduta prejudica indevidamente minha liberdade. Assim também o dever de juiz torna-se uma questão de grau, e ele será um juiz competente ou medíocre na medida em que avaliar essa exigência de forma rigorosa ou descuidada. Ele deve equilibrar todos os seus ingredientes, sua filosofia, sua lógica, suas analogias, sua história, seus costumes, seu senso do que é certo e tudo o mais e, adicionando um pouco aqui e retirando um pouco ali, determinar do modo mais sábio que puder para que lado fará pender a balança. Se esse resumo parece fraco e inconcluso, não tenho certeza se assim o é por minha culpa. Sei que é um farmacêutico sábio aquele que, de uma receita tão geral, pode preparar um remédio adequado. Mas a mesma crítica pode ser feita à maioria das tentativas de formular os princípios que regulam a prática de uma arte. W. Jethro Brown nos lembra, no recente ensaio "Law and Evolution"[24], que "o livro de *sir* Joshua Reynolds sobre pintura oferece pouca ou nenhuma orientação aos que desejam tornar-se pintores famosos. É notório que os livros sobre estilos literários carecem, via de regra, de utilidade prática". Depois de concluir o exaustivo processo de análise, deve haver para cada juiz uma nova síntese que ele

---

24. 29 *Yale L. J.* 394, 397.

terá de fazer por si mesmo. O máximo que ele pode esperar é que, com o longo período de reflexão e estudo, com os anos de prática no tribunal e com a ajuda daquela graça interior que vez por outra advém ao eleito de qualquer vocação, a análise possa contribuir um pouco para tornar a síntese verdadeira.

Em tudo o que disse, deixei em segundo plano e à sombra, talvez até demais, os casos em que a controvérsia gira em torno não da norma de Direito, mas de sua aplicação aos fatos. Afinal, são esses casos que constituem a maior parte da atividade dos tribunais. São importantes para os litigantes neles envolvidos. Exigem inteligência, paciência e razoável discernimento dos juízes que devem decidi-los. Mas deixam a teoria do Direito no mesmo ponto em que estava antes. Aplicado a tais casos, o processo judicial, como foi dito no início destas palestras, é pouco mais que um processo de busca e comparação. Precisamos distinguir os precedentes meramente estáticos dos dinâmicos[25]. Como os primeiros são muito mais numerosos que os últimos, um esboço do processo judicial que se interesse quase exclusivamente pelo elemento criativo ou dinâmico dará provavelmente uma falsa impressão, uma imagem excessivamente colorida, da incerteza no Direito e do livre-arbítrio do juiz. Das causas que se apresentam ao tribunal em que atuo, a maior parte não poderia, para se conceder-lhe alguma aura de razão, ser decidida de ne-

---

25. Cf. Salmond, "Jurisprudence", p. 160.

nhuma outra forma a não ser uma. O Direito e sua aplicação são claros. Tais causas estão predestinadas, por assim dizer, a serem resolvidas sem que haja divergências de opinião. Em outra porcentagem considerável, a norma de Direito é certa, e só a aplicação é duvidosa. Para decidir se uma determinada situação pertence a uma ou outra circunscrição do mapa de erros e acertos, autos processuais complicados precisam ser dissecados, narrativas testemunhais, mais ou menos incoerentes e inteligíveis, precisam ser analisadas. O viajante que sabe que por seu caminho passa uma estrada de ferro deve ficar atento aos trens que se aproximam. É essa, pelo menos, a regra geral. Em incontáveis litígios, deve-se estudar a descrição da paisagem para ver se a visão foi obstruída, se se fez ou deixou de fazer alguma coisa que deixou o viajante desprevenido. Esses e outros casos semelhantes freqüentemente provocam diferenças de opinião entre os juízes. A ciência do Direito, no entanto, permanece intocada, qualquer que seja o resultado. Resta por fim uma porcentagem – não muito grande, mas também nem tão pequena a ponto de ser desprezível – em que a decisão num ou noutro sentido será levada em conta no futuro e poderá avançar ou retardar, ora muito, ora pouco, o desenvolvimento do Direito. São esses os casos em que o elemento criativo do processo judicial encontra sua oportunidade e potencialidade. Foi basicamente deles que me ocupei em tudo o que disse aqui. Em certo sentido, é verdade que muitos desses casos podem ser decididos de uma maneira ou de outra. Com isso quero dizer que é possível encontrar razões plausíveis e totalmente convincentes para justificar uma ou outra conclusão. Aqui entra em jogo aquele equilíbrio de julgamento, aquela verificação e seleção de considerações de analogia, lógica, utilidade e eqüidade que estive tentando descrever. É aqui que o juiz assume a função de legislador. Em meus primeiros anos como juiz, era tamanha minha perturbação de espírito que eu não conseguia perceber que não havia rastros ou vestígios no oceano em que me lançara. Eu buscava a certeza. Fiquei deprimido e desanimado quando descobri que essa busca era fútil. Estava tentando alcançar a terra, a terra firme das normas fixas e estabelecidas, o paraíso de uma justiça que se revelasse ainda mais clara e mais dominante do que seus pálidos e tênues reflexos em minha própria mente e consciência vacilantes. Descobri, "com os viajantes em 'Paracelso', de Browning, que o verdadeiro paraíso sempre esteve mais além"[26]. À medida que os anos passavam e eu refletia mais e mais sobre a natureza do processo judicial, fui me resignando com a incerteza, pois passei a considerá-la inevitável. Passei a ver que o processo, em seus níveis mais elevados, não é descoberta, mas criação; que as dúvidas e apreensões, as esperanças e os temores são parte do trabalho da mente, das dores da morte e das dores do nascimento, em que prin-

---

26. G. Lowes Dickinson, "Religion and Immortality", p. 70.

cípios que serviram a sua época expiram e novos princípios nascem.

Falei das forças das quais os juízes reconhecidamente lançam mão para dar forma e conteúdo a seus julgamentos. Mesmo essas forças raras vezes estão na consciência em sua plenitude. Acham-se tão próximas da superfície, porém, que é improvável que sua existência e influência sejam desconhecidas. Mas o assunto não se esgota com o reconhecimento de seu poder. Bem abaixo da consciência residem outras forças, os gostos e as aversões, as predileções e os preconceitos, o complexo de instintos, emoções, hábitos e convicções que compõem o homem, seja ele litigante ou juiz. Quem dera eu tivesse tempo e oportunidade para aprofundar mais esse assunto. No momento, não posso fazer muito mais do que lembrar vocês da existência dele[27]. Tem havido uma certa falta de franqueza em boa parte da discussão desse tema, ou talvez, melhor dizendo, na recusa em discuti-lo, como se os juízes perdessem respeito e confiança devido ao lembrete de que estão sujeitos às limitações humanas. Não duvido da grandeza do conceito que os eleva ao reino da razão pura, acima e além do remoinho de forças perturbadoras e desviantes. Não obstante, se há alguma realidade em minha análise do processo judicial, os juízes não fi-

---

27. Um interessante estudo sobre esse tema encontra-se num livro publicado depois que estas palestras foram escritas, "The Foundations of Social Science", de James Mickel Williams, pp. 209 ss.

cam isolados nessas alturas gélidas e distantes; e não favoreceremos a causa da verdade se agirmos e falarmos como se assim fosse. As grandes marés e correntes que tragam o restante dos homens não se desviam de seu curso para passar longe dos juízes. Gostamos de imaginar que os processos da justiça são friamente objetivos e impessoais. O Direito, concebido como uma entidade real que vive distante e solitária, articula, por meio das vozes de sacerdotes e ministros, as palavras que eles não têm escolha a não ser proferir. Esse é o ideal de verdade objetiva para o qual tende todo o sistema da filosofia do Direito. É um ideal que os grandes publicistas e juízes afirmam ser possível atingir. "Os juízes de uma nação", diz Montesquieu, "são apenas as bocas que pronunciam as palavras do Direito, seres inanimados que não podem moderar sua força nem seu rigor."[28] Assim também Marshall, em *Osborne vs. Bank of the United States*, 9 Wheat. 738, 866: A esfera judicial "não exprime nenhuma vontade em nenhum caso [...]. O poder judicial nunca é exercido com o propósito de fazer cumprir a vontade do juiz; é sempre com o propósito de fazer cumprir a vontade da legislatura; ou, em outras palavras, a vontade da lei". Soa sublime; é dito com clareza e elegância, mas nunca será mais do que parcialmente verdadeiro. A própria carreira de Mar-

---

28. Montesquieu, "Esprit des Lois", LIV, XI, cap. VI, citado por Ehrlich, "Die juristische Logik", p. 101; Gény, *op. cit.*, p. 76; cf. Flavius, *supra*, p. 40.

shall é uma ilustração evidente do fato de que o ideal está fora do alcance das faculdades humanas. Ele deu à Constituição dos Estados Unidos a marca de sua própria mente; e nosso direito constitucional tem a forma que tem porque ele o moldou, enquanto era ainda moldável e maleável, no fogo de suas próprias e intensas convicções. No extremo oposto estão as palavras do jurista francês Saleilles, em seu tratado *De la Personnalité Juridique*[29]: "Primeiro, se almeja o resultado; depois, se encontra o princípio; é essa a gênese de toda interpretação jurídica. Uma vez aceita, a interpretação se apresenta, sem dúvida, no conjunto da doutrina jurídica, sob o aspecto oposto. Os fatores se invertem. O princípio aparece como a causa inicial da qual se extraiu o resultado, que se acredita ter sido inferido dela." Eu não apresentaria o caso tão amplamente assim. Uma formulação tão incisiva exagera o elemento de livre volição. Ignora os fatores de determinismo que restringem e confinam, dentro de limites estreitos, o âmbito da livre escolha. Contudo, por seu próprio excesso de ênfase, fornece o corretivo necessário para um ideal de objetividade impossível. Mais próximas da verdade, e a meio caminho entre esses dois extremos, estão as palavras de um homem que não era jurista, mas cujas intuições e percepções eram profundas e brilhantes – as palavras do presidente Roosevelt em sua mensagem de 8 de dezembro de 1908 ao Congresso dos Estados

---

29. Pp. 45, 46.

Unidos[30]: "Os principais legisladores de nosso país talvez sejam, e muitas vezes são, os juízes, pois é neles que assenta a autoridade final. Toda vez que interpretam contratos, propriedades, direitos adquiridos, o devido processo legal e a liberdade, eles necessariamente convertem em lei partes de um sistema de filosofia social; e, como essa interpretação é fundamental, eles direcionam todo o processo de criação das leis. As decisões dos tribunais sobre questões econômicas e sociais dependem de sua filosofia econômica e social; e, para o progresso pacífico de nosso povo durante o século XX, estaremos principalmente em débito com esses juízes que defendem uma filosofia econômica e social do século XX e não uma filosofia há muito superada, produto ela própria de condições econômicas primitivas."

Lembro que essa declaração despertou na época uma enxurrada de críticas. Revelava ignorância, diziam, da natureza do processo judicial. Para esses críticos, a tarefa do juiz consistia em descobrir a verdade objetiva. Sua pequena individualidade própria, seu diminuto repertório de filosofias difusas e desordenadas, bem como suas fraquezas e seus preconceitos inconscientes, deviam ser deixados de lado e esquecidos. O que interessava aos homens *sua* leitura das verdades eternas? Não era algo que merecesse registro. O que o mundo estava buscando eram as próprias verdades eternas. Longe de mim negar que

---

30. 43 Congressional Record, parte I, p. 21.

esta é, de fato, a meta que todos nós devemos nos empenhar em atingir. De tempos em tempos, um pouco do espírito de auto-inquirição e autocensura de Pascal revela-se ao homem que se vê convocado ao dever de estabelecer o progresso do Direito. A própria amplitude e o escopo da oportunidade de dar expressão a seu eu mais sutil parecem apontar o dedo acusador de descrédito e desdém. Nesses grandes movimentos de avanço, nesse impetuoso remoinho de forças, quem sou eu para que minha insignificante personalidade os afaste, ainda que por um quase-nada? Por que quebrar, impregnar e colorir a luz pura da verdade com algum elemento do meu ser? Todos são assediados de vez em quando por essas dúvidas e hesitações. No entanto, a verdade é que todos esses questionamentos internos nascem da esperança e do desejo de transcender as limitações que tolhem nossa natureza humana. Roosevelt, que conhecia os homens, não tinha ilusões a esse respeito. Ele não estava propondo um ideal. Não estava estabelecendo uma meta. Estava avaliando as capacidades e a resistência daqueles que deviam disputar a corrida. Meu dever de juiz talvez seja materializar em lei não as minhas aspirações, convicções e filosofias pessoais, mas as aspirações, convicções e filosofias dos homens e das mulheres do meu tempo. Dificilmente farei isso bem se minhas próprias simpatias, crenças e devoções fervorosas estiverem voltadas para um tempo que já se foi. "Nunca, em nenhum sistema de interpretação judicial, poderemos nos congratular por termos eliminado completamente a medida pessoal do intérprete. Nas ciências morais, não há método ou procedimento que supere totalmente a razão subjetiva."[31] Se quisermos, podemos conceber a tarefa do juiz como a de um tradutor: a interpretação de signos e símbolos que lhe chegam de fora. Contudo, só atribuiremos semelhante tarefa a homens que tenham absorvido o espírito da língua que devem interpretar e se apaixonado por ela.

Não me indisponho, portanto, com a doutrina de que os juízes devem estar em sintonia com o espírito de sua época. Afinal, a aceitação de tal generalidade não nos afasta muito do caminho da verdade. Em cada tribunal há provavelmente tantas avaliações do *Zeitgeist* quantos são os juízes que ali atuam. Do poder de favorecer ou prejudicar, em qualquer sentido sórdido, vulgar ou nocivo, não encontrei nenhum vestígio, por mínimo que fosse, entre os juízes que conheci. A cada dia, porém, nasce em mim uma nova convicção acerca da inevitável relação entre a verdade fora de nós e a que vem de dentro. O espírito da época, tal como se revela a cada um de nós, muitas vezes nada mais é que o espírito do grupo no qual os acasos do nascimento, da educação, da profissão ou da comunhão de interesses nos deram um lugar. Nenhum esforço ou revolução da mente destronará, completa e definitivamente, o império dessas lealda-

---

31. Gény, *op. cit.*, vol. II, p. 93, sec. 159; vol. II, p. 142, sec. 108; também Flavius, p. 43.

des subconscientes. "Nossas crenças e opiniões", diz James Harvey Robinson[32], "assim como nossas normas de conduta, chegam a nós imperceptivelmente, como produtos de nossa associação com nossos semelhantes, não como resultados de nossa experiência pessoal e das inferências que individualmente fazemos de nossas próprias observações. Somos constantemente enganados por nossa extraordinária faculdade de 'racionalizar' – ou seja, de inventar argumentos plausíveis para aceitar o que nos impõem as tradições do grupo a que pertencemos. Somos servilmente crédulos por natureza e aceitamos, de maneira instintiva, os veredictos do grupo. Somos sugestionáveis não apenas quando sob o encanto de uma turba exaltada ou do fervor religioso, mas estamos sempre dando ouvidos à pequena e mansa voz do rebanho e sempre prontos a defender e justificar suas instruções e admoestações, aceitando-as como resultados maduros de nossa própria reflexão." Isso foi escrito não especificamente com respeito aos juízes, mas a homens e mulheres de todas as classes. A formação do juiz, se associada ao que se denomina temperamento judicial, ajudará até certo ponto a emancipá-lo do poder sugestivo das aversões e predisposições individuais. Ajudará a ampliar o grupo ao qual ele deve suas lealdades subconscientes. Essas lealdades jamais serão totalmente eliminadas

---

32. "The Still Small Voice of the Herd", 32 *Political Science Quarterly*, p. 315.

enquanto a natureza humana for o que é. Podemos nos perguntar às vezes como é que, desse jogo de forças individualistas, pode surgir algo coerente, algo que não seja o caos e o vazio. É nesses momentos que exageramos os elementos de diferença. No fim, emerge algo que tem uma forma, verdade e ordem compostas. Já se disse que "a história, como a matemática, é obrigada a admitir que as excentricidades mais ou menos se equilibram, para que algo permaneça constante no final"[33]. O mesmo se aplica ao trabalho dos tribunais. As excentricidades dos juízes se equilibram. Um juiz examina os problemas do ponto de vista da história; outro, do ponto de vista da filosofia; um terceiro, do ponto de vista da utilidade social; um é formalista; outro, tolerante; um tem medo de mudanças; outro está insatisfeito com o presente. Do atrito entre diversas mentes cria-se algo que tem uma constância, uma uniformidade e um valor médio maiores do que seus elementos componentes. O mesmo se aplica ao trabalho dos júris. Não estou sugerindo que o produto, em ambos os casos, esteja a salvo das falhas inerentes a sua origem. As falhas existem, como em qualquer instituição humana. Como não apenas existem mas são também visíveis, temos fé de que serão corrigidas. Nada garante que a regra da maioria, quando incorporada na Constituição ou na lei escrita, seja a expressão da razão perfei-

---

33. Henry Adams, "The Degradation of the Democratic Dogma", pp. 291-2.

ta. Não devíamos esperar mais dela quando incorporada nas sentenças dos tribunais. A maré sobe e desce, mas as areias do erro se desfazem.

O trabalho do juiz é duradouro, em certo sentido, e efêmero, em outro. O que nele há de bom permanece. O que é errôneo com certeza perece. O bom continua sendo o alicerce sobre o qual novas estruturas serão erigidas. O mau será rejeitado e esquecido no laboratório dos anos. Pouco a pouco, a velha doutrina será eliminada. As transgressões são amiúde tão graduais que, de início, sua importância é obscurecida. Por fim, descobrimos que o contorno da paisagem foi alterado, que os velhos mapas devem ser deixados de lado e que precisamos mapear novamente o terreno. Esse processo, com todo seu silencioso e inevitável poder, foi descrito por Henderson de modo especialmente feliz[34]: "Quando o partidário de uma crença sistemática é constantemente submetido a influências e exposto a desejos incompatíveis com tal crença, pode ocorrer um processo de cerebração inconsciente por meio do qual se acumula um volume crescente de inclinações mentais hostis que motivam fortemente a ação e a decisão, mas raramente chegam com clareza à consciência. Nesse meio-tempo, as fórmulas do antigo credo são mantidas e repetidas pela força do hábito, até que um dia

---

34. "Foreign Corporations in American Constitutional Law", p. 164; cf. Powell, "The Changing Law of Foreign Corporations", 33 *Pol. Science Quarterly*, p. 569.

se perceba que a conduta, as afinidades e os desejos fundamentais se tornaram tão incompatíveis com o arcabouço lógico que este deve ser descartado. Começa então a tarefa de construir e racionalizar uma nova crença."

Sempre em desenvolvimento, à medida que o Direito evolui através dos séculos, é esse novo credo que, de maneira silenciosa e constante, dissipa nossos erros e nossas excentricidades. Às vezes penso que nos preocupamos demais com as conseqüências duradouras de nossos erros. Eles podem causar um pouco de confusão durante algum tempo; no fim, serão modificados ou corrigidos, ou seus ensinamentos ignorados. O futuro se encarrega dessas coisas. No infinito processo de examinar e reexaminar, há uma constante rejeição do entulho e uma constante retenção do que é puro, sólido e de boa qualidade.

O futuro, cavalheiros, a vós pertence. Fomos chamados a desempenhar nosso papel num processo eterno. Muito tempo depois que eu estiver morto e minha pequena contribuição a esse processo estiver esquecida, estareis aqui para fazer vossa parte e levar a tocha adiante. Sei que a chama arderá, reluzente, enquanto a tocha estiver em vossas mãos.

IMPRESSÃO E ACABAMENTO:
YANGRAF Fone/Fax:
6198.1788